KB044893

문지스펙트럼

외국 문학선
2-017

AUF ABWEGEN UND ANDERE VERIRRUNGEN
by Günter Kunert

Copyright ⓒ Carl Hanser Verlag München Wien 1988

Korean Translation Copyright ⓒ 2000 by Moonji Publishing Co., Ltd.
All Rights Reserved.
Korean edition was published by arrangement with Carl Hanser Verlag.

잘못 들어선 길에서

귄터 쿠네르트
권세훈 옮김

문학과지성사

외국 문학선 기획위원   김주연·권오룡·성민엽

문지스펙트럼 2-017
잘못 들어선 길에서

제1판 제1쇄 2000년 11월 30일
제1판 제2쇄 2011년 3월 25일

지은이 귄터 쿠네르트
옮긴이 권세훈
펴낸이 홍정선 김수영
펴낸곳 ㈜**문학과지성사**
등록 1993년 12월 16일 등록 제 10-918호
주소 서울 마포구 서교동 395-2(121-840)
전화 02)338-7224
팩스 02)323-4180(편집) 02)338-7221(영업)
전자메일 moonji@moonji.com
홈페이지 www.moonji.com

ISBN 89-320-1215-6
ISBN 89-320-0851-5(세트)

잘못 들어선 길에서

기획의 말

정보 사회로 대변되는 현대에서 문학은 오히려 정체성의 위기를 맞고 있다. 이른바 소설의 죽음이니, 인문학의 위기라는 짐짓 비장한 분위기를 풍기는 진단에서도 알 수 있듯이 실제로 순수 문예물은 점점 사람들의 관심에서 멀어지고 있다. 문학이 단순히 정보 전달의 기능을 갖는 것이 아니라 허구적인 동시에 구체적인 삶의 재현을 통하여 감성에 호소함으로써 독자 자신의 삶을 통찰하는 계기를 마련해준다는 교과서적인 설명조차 이미 빛바랜 지 오래다.

그러나 그럼에도 불구하고 문학은 여전히 존재한다. 이것은 문학이 시대의 변화에 걸맞은 변신의 필요성을 제기한다는 차원에서가 아니라 언제 다시 돌아올지 모르는 독자를 기다리고 있다는 의미로 이해해야 할 것이다. 물론 예전에도 문학을 진지하게 받아들이는 독자는 전체 인구 비율로 보면 소수에 지나지 않았으며 문학이 할 수 있는 일도 대단한 것은 아니다. 하지만 문학은 여전히 자신의 목소리에 귀를 기울이는 독자가 많아질수록 우리의 고단한 삶이 조금은 견딜 만할지도 모른다는 믿음에 기초하고 있다. 거꾸로 말해서 갈수록 힘들어지는 세상살이의 척박함은 문학이 지향하는 세계와는 동떨어져 있고 이러한 현실이 사람들의 조급한 마음을 문학과 등지게 만든 것은 아닐까. 만약에 이러한 가정이 맞다면 문학은 어쩌면 문학을 외면하는 현재의 상황에서 더욱 필요한 것인지도 모른다.

문학에 대한 그러한 믿음을 지닌 작가는 대체 어떤 사람인가? 작가는 예를 들어 선생이 반 아이들을 모아놓고 어떤 사안에 대하여 "알겠지?!"라고 다그치듯 동의를 구하면 대부분 진심으로 혹은 마지못해 고개를 끄덕일 때 과감하게 손을 들고 일어나 "저는 다르게 생각하는데요"라고 말하는 아이와 같다. 이때 선생은 국가일 수도, 자본주의 시스템일 수도 있다. 중요한 것은 이 선생이 마치 전체를 대변하는 척하며 소수의 반대 의견을 권위로서 묵살하려 한다는 점이다. 이에 반기를 든 아이는 다른 아이들에게 새로운 가능성을 제시함으로써 신선한 충격을 준다. 그것도 아니라면 최소한 이제까지 당연시해왔던 사고 방식을 반성하고 다른 방향으로의 전환에 필요한 단초를 제공한다.

독일의 현대 작가 귄터 쿠네르트도 이러한 작가군에 해당한다. 그는 무엇보다도 과거로부터 아무런 교훈도 얻지 못하

는 인간의 역사에 경종을 울린다. 더 나아가 그는 가속화되
는 기술 문명의 끝자락에서 파국적인 재앙을 미리 본다. 그
의 시각에 의하면 폭력으로 얼룩진 역사는 인류 전체에 대한
치명적인 폭력으로 마감할 운명에 처해 있다. 그러한 파멸에
대한 잠재적인 원인 제공자로서 동독의 현실 사회주의를 비
롯하여 모든 권위주의적이고 전체주의적인 체제가 그의 작
품에 등장한다.

쿠네르트의 단편선 『잘못 들어선 길에서』에 표현된 비인
간적인 현실은 지금 우리의 삶에도 시사하는 바가 크다. 형
식상의 민주화에도 불구하고 인간 위에 군림하려는 갖가지
이데올로기들이 여전히 인간다운 삶을 불가능하게 만들고
있기 때문이다.

2000년 11월

기획위원

차례

기획의 말 / 7

동화적인 독백 / 13

때아닌 안드로메다 성좌 / 31

병 통신 / 38

아담과 이브 / 56

바라던 아이 / 72

잘못 들어선 길에서 / 88

가정 배달 / 98

G.라는 남자와의 만남에 대한 검열관의 보고 / 110

러브 스토리—메이드 인 DDR / 131

올림피아 2 / 148

장례식은 조용히 치러진다 / 161

대리인 / 177

역자 해설

인간에게 희망은 있는가? / 200

작가 연보 / 206

동화적인 독백

아무것도 부인하지 않으련다. 모두 시효가 지났기 때문이다. 1730년 이후 여러 명의 산지기를 먹어치웠음을 고백하는 바다. 그들이 풍기는 역겨움에다가 값싼 담배, 사슴뿔 단추, 더러운 로덴천 등의 냄새는 내 식욕에 대한 충분한 형벌이라고 해도 좋다. 그러나 나는 백년이 넘도록 산지기를 두 번 다시 건드리지 않았다. 수목에 홀딱 빠져 있는가 하면 머리카락이 흘러내린 귀를 기울여 정신이 멍할 정도의 새울음 소리를 엿듣던 푸른색 제복의 털보들을 생각하면 지금도 구역질이 난다. 나는 너무 예민해서 이처럼 지속적인 삑삑거림, 뻐꾸기 울음 소리, 종달새의 지저귐, 피리 소리, 휘파람 소리, 요란하게 울려대는 소리 등을 참아낼 수 없다. 하지만 산지기들은 그 직업이 생긴 이래로, 더 정확히 말해서 내가 그들을 알게 된 이후로 마치 가장 예민한 음악인 리스츠 토젤리를 듣기라도 하듯이 매료되어 자리를 뜰 줄 모른다. 그 동안에 아침 안개가 그들을 감싸고, 쓰러져가는 나뭇가지 사이로 첫 햇살이 내리비칠 때 내가 살고 있는 호수 중앙에서 천천히 뻗쳐나온 내 손이 그들의 녹색 옷깃을 감싸쥐면 낭만적인 비애는 끝을 맺는다. 그것을 부인하지 않겠다. 그러나 그것은 시효가 지났다. 그리고 이 근방에는 증인조차 없었다. 옷조각, 어깨뼈, 소화시키기 힘든 가죽으로 만든 신발 따위의 간접 증거들은 이미 진흙 수렁 속에 녹아 없어졌다. 코가 촘촘한 그 어떤 그물로도 끊임없는 재잘거림에 대한 반응을 통하여 과거에 어떤 재료가 변성하여 생겨났는지를 알 수 있는 적충류를 잡지 못한다.

산지기들은 지루하다. 두개골을 깨뜨려보면 사냥꾼의 잡동사니 이외에는 별다른 게 없다. 마른 땅 위의 크고 넓은 세계에 관한 새로운 소식은 거의 없다. 나는 벌써 오랫동안 사람과 이야기를 나누지 못했다.

며칠 전에 어떤 물체가 여기 물밑에서 헤엄쳐다녔다. 이제까지 한 번도 본 적이 없는 기이한 형상이었다. 발 대신에 지느러미로 몸을 움직였고 등에는 두 개의 둥근 종양이 튀어나와 있었다. 단 하나의 커다랗고 평평한 눈은 얼굴의 거의 전부를 차지했다. 주둥이에 걸려 있는 두 개의 휘어진 관에서는 끊임없이 공기 방울이 떨어져내렸다. 나는 그것이 길을 잃고 헤매는, 젖퉁이가 없는 해우류(海牛類)의 일종이라고 생각했다. 내가 말을 걸자 그것은 깜짝 놀라 멈칫하더니 곧 수면 쪽으로 급히 올라갔다. 그때 나는 그것이 사람이라는

14

것을 알았다. 나의 거대한 강철 손이 그 뒤를 쫓아가다가 선미에서 돌출된 상태로 빠르게 회전하고 있는 프로펠러에 부딪혔다. 만약 내가 강철로 만들어지지 않았더라면 그것은 내 손가락을 망가뜨렸을 것이다. 그것은 단지 내 몸에 겹겹이 덮인 녹을 조금 긁어냈을 뿐이었다. 과거에는 내 스스로 가끔씩 녹을 벗겨낸 후의 번쩍거리는 강철 몸통을 보고 기뻐하곤 했다. 하지만 나는 곧 이러한 젊음에서 멀어졌다. 녹은 어쨌든 곧 다시 끼었다. 그래서 나는 녹으로 인해 광채가 사그라질 때의 빛깔을 지닌 거친 껍질이 내 몸을 두를 때까지 내버려두었다. 광채가 무엇인지는 아직도 기억에 생생하다. 처음이자 마지막으로 나는 그것을 내가 태어난 후 잠시 바라보았다. 나의 탄생은 지극히 정상적이었다. 나의 출신 성분은 조금도 비밀스럽지 않다.

나의 어머니는 평범한 방앗간 주인의 딸이었다. 하지만 아버지는 가장 고귀한 가문 출신이었다. 당시에 그는 익명을 원했다. 만약에 과학에 대한 경외심과 물베르거 박사에 대한 호감이 나와 관련된 모든 사항을 주저 없이 털어놓게 만들지 않았더라면 나도 기본적으로는 오늘날 그의 익명을 고수해야 했을 것이다.

방앗간 주인의 딸이 1719년 여름 월귤나무 열매를 따서 광주리에 담고 있을 때 어떤 지체 높은 신사가 말을 타고 한적한 길을 지나갔다. 그는 월귤나무 광주리와 방앗간 주인의 딸을 보자마자 말에서 뛰어내렸다. 그때까지 순결했던 처녀가 숨막히는 듯한 숲의 열기에 마취되고 무겁게 내리누르는 태양에 정신이 몽롱해진 상태에서 몸을 추슬렀을 때는 이미 늦었다. 거리낌없이 그 지체 높은 신사는 그녀를 뒤에서 범했다. 그 사이에 그녀가 적어도 아이가 자기 아버지가 누구인지를 알 수 있도록 격정적인 사내의 이름만이라도 알려달라고 간청했을 때 그녀 뒤에서 "불평을 말하지 말고 복종하라!"는 무뚝뚝한 소리가 들려왔다.

이 순간에 그녀는 앞으로 자신의 운명을 누구에게 내맡기게 되었는지를 알았다. 그는 바로 프리드리히 빌헬름 1세로서, 기원후 1719년 땀이 쏟아지는 7월의 이날 마을을 순례하며 백성들을 시찰하는 중이었다. 그는 아무도 자신을 알아보지 못하리라 믿었다. 얼마 지나지 않아 숲으로 가는 산책이 결실을 맺었음이 밝혀졌고, 그 묵직함이 의아스러웠다. 자라나는 생명체의 무게로 인해 벌써 3개월 후에는 평민의 딸이두 발로 서 있지 못할 지경이었다. 여섯 달을 침대에서 보낸 그녀는 쌍둥이를 출산했다. 다시 말해서 우리는 원래 둘이었다. 나는 아이젠한스이고 그는 니켈페터다. 그에 관해서는 나중에 말하기로 하겠다. 나를 불빛 가운데로 데려가 높이 들어올리던 산파는 내 몸무게에 깜짝 놀라 나를 바닥에 떨어뜨렸다. 몽둥이가 자신의 발에 떨어졌다고 그녀가 소리치는 것을 나는 들었다. 아, 피가 나요. 아무래도 발등이 부서진 것 같아요…… 방앗간 주인의 따님, 당신은 도대체 무엇을 낳은 거예요? 당황한 엄마는 아이를 만드는 행위를 하는 동안 그분의 모습은 완전히 정상적으로 보였다고 대답했다. 푸른색의 속옷을 입은 그는 크고 뚱뚱했다. 진짜 은으로 만든 버클이 달린 그의 널찍한 신발이 그녀의 눈에 선했다. 산파는 그 사이에 신음하듯 말했다. 이봐요, 어쩌면 좋아요. 아기는 쇳덩어리로 만들어졌어요. 방앗간 주인의 따님, 당신은 마녀예요. 악마와 정을 통했다구요…… 그녀는 곧장 관가로 달려가 이 일을 고발했다. 곧 이어 재판이 열렸으며 그 결과, 사형 선고가 내려졌다. 방앗간 주인의 딸이 고문을 통해 스스로 자백했듯이 마왕과의 사이에서 낳은 두 인조 인간과 함께 튼튼한 자루에 담아서 꿰맨 후 마을에서 멀리 떨어진 커다란 늪에 가라앉히라는 판결이 내려졌다. 이 밖에도 그녀는 앞서 말한 악마의 행위를 왕에게 전가시키려고 한 불경죄로 시민권을 박탈당했다.

그렇게 우리 셋은 물 속에 가라앉았다. 어머니는 익사했다. 쇳덩어리로 만들어진 우리 두 아들은 물론 무사했다. 우리에게 폐호흡은 불필요했다. 우리는 다만 수시로 엄청난 식욕을 느꼈다. 우리가 물고기를 다 잡아먹는 바람에 이 하천에는 생명체가 사라졌다. 우리는 계속 자라났다. 우리는 강가에 물을 마시러 온 야생 동물을 거대한 갈고리 발톱으로 잡았다. 첫번째 산지기를 붙잡은 것은 니켈페터였지만 우리는 함께 그를 먹어치웠다. 우리는 모든 것을 둘이서 나누었다. 물밑이 점점 어둠침침해지는 저녁에는 우리 자신의 물질적 성격에 대해 곰곰이 생각해보았으나 해명할 수는 없었다. 동생이 영국으로 이주한 다음에야 비로소 그것은 학술적으로 설명되었다. 일은 그런 식으로 진행되었다.

태양이 작렬하던 어느 여름 내내 늪의 수위는 점점 더 낮아졌다. 그때는 분명 1760년이었다. 우리가 몸을 일으키면 모습이 드러날 지경이었다. 따라서 우리는 대부분 진흙 속에서 꿈을 꾸며 조용히 쉬고 있었다. 어떤 농부가 돌잉어나 큰 가시고기를 잡으려는 어림없는 희망에 사로잡힌 채 직사각형의 거룻배 그늘에 흔들리며 우리 위쪽으로 다가왔다. 우리는 그를 밑으로 데리고 왔다. 공포에 질린 그의 입을 통해 우리는 벌써 7년 동안이나 전쟁 중이며 들판을 경작하지 못한 탓에 사람들이 굶주리고 있다는 말을 들었다. 우리가 계속 다그쳐 묻자 그는 전쟁 상대가 오스트리아라고 더듬거리며 말했다. 프리드리히 빌헬름 1세의 아들이 직접 아군을 이끌고 있다고도 했다.

그는 바로 우리의 이복동생이었다. 우리는 그가 강철이나 구리, 혹은 다른 무엇으로 만들어졌는지 알고 싶었지만 다음과 같은 대답을 들을 수 있었다. 나는 나리들을 이해하지 못해요. 그러나 지금 모든 쇳덩이들을 수집하여 녹여서 대포와 탄환을 만들고 있어요! 농부의 뼈를 씹으면서 우리는 프리츠

라는 이복동생이 진짜 살과 피로 이루어져 있다는 특이함에 대해서 깊은 생각에 잠겼다. 겁이 많았던 니켈페터는 물이 계속 줄어서 사람들이 우리를 발견하자마자 쇳물로 녹여버릴까 봐 두려워했다. 그는 군사용 탄환을 만들기 위해 자신의 인격이 무참히 짓밟히는 것을 피하고 싶어했다. 그는 그날 밤 늦의 배수구를 통해 도망치기로 결심했다. 흔적도 없이 사라진 그는 아무도 모르는 곳의 물 속에 잠겨 있는 것 같았다. 나중에 나는 질긴 겉과는 달리 속이 매우 부드러웠던 어떤 영국인으로부터 동생이 현재 네스 호에 살고 있다는 사실을 알았다. 사람들이 그를 그곳에서 자주 보기는 하지만 붙잡지는 않는다고 했다. 영국의 동물보호협회가 그를 '왕실의 괴물'로 명명하고 보호할 필요가 있다고 결정했기 때문이다. 과학적인 기초 지식이 부족한 탓에 이해하기 어려웠던 우리들 공통의 신체적·물리적 기원은 20세기가 되어서야 비로소 밝혀졌다.

내 몸의 녹 껍질은 계속 두꺼워졌다. 강철로 된 내 얼굴에 무성하게 자라나는 덩굴 식물과 해초를 나는 일 년에 한 번씩 공구로 벗겨냈다. 나는 이 일을 강 표면 옆의 시야가 가려진 갈대밭에서 처리했다. 수면 위로 몸을 굽히고 뺨에 붙은 성가신 풀을 긁어냈다. 한번은 눈부신 햇빛에 눈을 깜빡이며 숨을 푸 하고 내뿜고 입술과 귀에서 물방울을 떨어뜨리며 발목은 강가의 모래 속에 밀어넣은 채 머리를 밖으로 내밀기가 무섭게 고함 소리가 들려왔다. 이봐요, 멈춰요! 내 낚싯줄을 꼬이게 만들고 있잖아요! 무례한 놈 같으니라고!

나는 이 늪이 내 소유이고 내가 그 무시무시한 아이젠한스이며 아무도 나를 조롱할 수 없다고 소리쳤지만 조각배에 타고 있던 그 남자는 곧바로 응답해왔다. 우리 독일인들은 신을 제외하고는 이 세상의 그 어떤 것도 두려워하지 않아. 나는 정년 퇴직한 안드레아스 슐만 교수라네. 금지 구역이 아니라면 어느 곳에서나 낚시를 하지.

내가 말했다. 여기는 물고기가 더 이상 없기 때문에 낚시가 금지되지 않았을 뿐이오. 지금이 어느 시대인가요? 연도가 어떻게 되느냐는 말입니다. 그가 대답했다. 1912년이라고 쓴다네. 내가 보기에 당신은 외국인이야. 당신의 두개골 형태로 미루어보건대 몽골족의 특징이 가미된 알프스 계통 내지는 동유럽 계통이야.

나는 이 지방에서 태어났다고 설명했지만 그는 희고 더부룩한 머리를 흔들었다. 말도 안 돼. 나는 유전학자야. 내가 당신 자신보다 당신을 더 정확히 알고 있단 말이야!

유전학자가 무슨 뜻이냐고 내가 묻자 그는 검은색 줄에 달린 코안경을 빙글빙글 돌리면서 설명해주었다. 그는 정말 나의 기원에 관하여 이해할 수 없는 것을 밝혀줄 유일한 적임자인 것처럼 보였다. 그는 숨을 죽이고 나의 고백에 귀를 기울였다. 그의 눈에서는 벌써 눈물이 흘러내렸다. 그가 흥분하여 중얼거렸다. 왕족이야, 진정한 왕족이야! 제국의 위대함에 걸맞게 세계를 포괄하는 복안의 표시인 이 인상적인 이마와 엄격한 코, 그리고 이 턱. 맞아요, 폐하께서 저에게 확신을 주었습니다. 폐하께서는 저를 마음대로 다룰 수 있습니다!

내가 말했다. 내 몸이 강철로 이루어진 것은 어떻게 된 일이죠?

그가 대답했다. 유별나기는 하지만 결코 신비적인 과정은 아닙니다. 우리 후손들에게 알려진 바에 의하면 프리드리히 빌헬름 1세 대왕은 철의 성격을 소유하고 있었고 이것이 아마도 유전학적인 촉매 작용을 했던 것 같습니다. 왕은 당시에 아직 발달하지 못한 의학이 처방한 수은 요법으로 관절염을 치료하는 중이었습니다. 그가 지닌 성격의 촉매가 육체와 생식선 속에 돌고 있는 수은을 구조적으로 철 내지는 니켈로 변형시켰던 것입니다. 놀랍고도 존엄한 진행 과정이지요. 금속과 동일한 화학적 합성이지만 살아 있는 상태의 정충은 금속으로 된 존재, 즉 강철로 이루어진 인간을 만들어낼 수밖에 없었습니다. 당신과 같은 왕자님을 말입니다.

놀라움에 압도당한 나는 이 탁월한 학자를 양식으로 삼는 일을 등한히 했다. 그 일은 내 인격의 발전에 대단히 유용했을 터였다. 내가 다만 생각에 잠겨 멍청히 바라보는 동안 그는 힘껏 노를 저으며 경외심으로 가득 찬 인사말을 소리 높여 외쳤고, 곧 나 대신에 비웃듯 바스락거리는 갈대가 그를 집어삼켰다. 그는 내 뱃속에서 소화되지 않고 도망친 첫번째 사람이었다. 나중에 밝혀졌듯이 혼돈과 부족한 결단력이 작용한 이 순간은 내 인생의 근본적인 과오로 입증되었다.

나는 다시 조용히 진흙 속에 자리를 잡고 누워 베일이 벗겨진 세속적 존재의 비밀에 관해 명상에 잠겼다. 이 명상을 나는 오로지 물 속에서만 즐길 수 있었다. 뭍에서는 나의 무게로 인해 모든 행동이 부자유스러웠다. 명상을 한 후에 깜빡 잠이 들었음에 틀림없다. 기껏해야 이삼 년 동안. 나는 갑작스런 어떤 충격에 의해 깨어났다. 멀리서 천둥이 쳤다고 믿었다. 나는 마지못해 다른 쪽으로 돌아누웠다. 그때 또 다른 충격파가 나를 마침내 흔들어 깨웠다. 먹물 같은 점액이 내 눈 안에서 소용돌이쳤다. 폭발음과 파열음이 이제는 근처에서 뚜렷하게 울렸다. 그 폭발은 물위에서가 아니라 물밑에서 생긴 것이었으며 나를 일으켜세웠다. 나는 물위로 떠올랐다. 물위에는 비가 내렸다. 강가에는 검은 제복을 입은 남자들이 서 있었다. 그 중의 누군가가 소리쳤다. 저기 있습니다, 전대장님! 그 이름을 지닌 사람이 함석 깔때기를 입에 대고 나에게 말을 걸었다.

잘 들어라, 아이젠한스 동지! 나는 전대장 슐만이다. 나의 아버지를 통해 너의 오래된 독일적인 강철의 강력함을 알게 되었다. 최후의 승리를 목전에 둔 지금 모든 힘을 모아야 한다. 네가 지닌 강철의 힘 또한 마찬가지다. 국가는 너와 같은 사나이들을 필요로 한다. 의무를 거부할 경우 우리는 수류탄 보다 더 좋은 물건을 가지고 있다. 이름하여 수소폭탄이다. 우리는 지금까지 모든 패전주의자들을 처치했다. 알겠나? 내일 아침 화차가 와서 너를 데려갈 것이다. 칫솔과 속옷 한 벌만 준비하면 충분하다. 승리를 위하여!

검은 형체들은 나무 사이로 미끄러지듯 나아갔다. 수없이 떨어지는 빗방울들이 그들을 시야에서 사라지게 만들었다. 빗속에서 숲이 흐릿한 3차원의 양탄자처럼 조용해졌을 때 나는 누군가가 거기에 있었다는 것조차 의심했다. 그러나 폭발에 의해 나의 삶에 중요한 요소가 휘저어졌을 뿐만 아니라 불투명해졌다. 수소폭탄, 에이? 나는 슐만 2세가 나의 도움을 요구하는 것이 본질적으로 옳지 않은지 곰곰이 생각해보았다. 산지기들을 먹어치운 것에 대해서 국가에 고마워해야 하지 않을까? 그 맛없는 끈적끈적한 껍질은 국가 책임이 아니었다. 버섯을 줍던 실팍한 처녀들이 혓바닥에서 슬슬 녹아 흐르던 것에 대해서 내 민족에게 감사해야 되지 않을까? 독일적이라는 것은 쉽게 소화된다는 것, 그리고 쉽게 소화시킨다는 것을 뜻한다. 강철 체질이기는 하지만 수소폭탄이라, 흠흠? 나는 유동적인 상태에서만 알게 된 조국에 충성하기로 결심했다. 모르긴 몰라도 적함을 침몰시키거나 이와 비슷한 일을 위하여 나는 해안에 투입될 것이다. 선체의 내벽을 주먹으로 한 번 내리치면 순양함도 침몰할 것이다. 훈장은 따놓은 당상이다. 녹을 말끔하게 벗겨낸 가슴에 검은 독수리 훈장, 혹은 금 양피를 납땜으로 고정하고 살아 있는 승리의 기념물로서 파도가 노호하는 독일 쪽 대서양의 물결을 헤치고 우뚝 솟아오른 나 자신을 그려보았다. 나의 모습은 게르만의 포세이돈이요, 바다를 지배하는 튜턴족에 관한 새로운 신화의 창시자였다.

전율을 일으키는 상반된 감정의 긴장에 휩싸여 잠을 이루지 못한 채 나는 다음날 아침을 기다렸다. 아침이 왔다. 그러나 슐만 2세도 수송 차량도 오지 않았다. 그것은 지난 10년 간 가장 커다란 실망이었으며 감정이 상해 부드러운 진흙 속으로 되돌아가게 만드는 동기가 되었다. 그곳에서 나는 해명이 안 된 상황으로 인해 수행하지 못하게 된 세계 정치적인 역할을 되새겼다. 세속적인 활동을 단념해야만 하지 않을까? 다시는 물위로 떠오르지 않는다? 우울한 심정으로 계속 녹이 슬게 내버려둔 탓으로 한때 프로이센의 운명이 걸려 있었지만 천년이 지난 후에는 볼품없는 고철 덩어리로 발견된다? 그들이 나를 원하지 않듯이 원할 수도 있으며 심지어는 꼭 그래야 함이 마땅하다. 설령 혀에 패혈증이 걸린다 할지라도 말이다.

내가 나의 계획을 고수한 지 오랜 시간이 지난 후 기이한 형상을 한 무엇인가가 나를 향해 물밑으로 내려왔다. 그것은 길을 잃고 헤매는, 젖퉁이가 없는 해우류(海牛類) 같았다. 내가 말을 걸자 그것은 깜짝 놀라 수면 위로 도망쳤다. 그때 나는 그것이 사람이라는 것을 알았다. 나는 그를 향해 손을 뻗는 동시에 일어섰다. 배 한 척이 늪 위에 커다란 아우성을 여운으로 남기면서 쏜살같이 달아났다. 불길한 예감이 엄습했다. 쾌속정 안의 아우성쟁이들이 나와의 만남을 세상에 떠벌릴 것이다. 휴식은 이제 사라졌다. 수류탄, 에이? 수소폭탄, 어떻게? 그들이 끔찍한 무엇을 발명했을지 누가 알겠는가!

호수의 가장 깊은 곳에서 나는 마음속에 그렸던 바를 고대하고 있었다. 오래 기다릴 필요는 없었다. 내 위로 커다랗고 타원형의 고무로 만든 선체가 지나갔다. 내가 위를 주시하는 동안 위에서부터 끈에 매달린 플라스틱 통이 내려왔다. 마개는 열려 있었다. 호박색의 액체가 부드러운 안개를 피우며 용기에서 흘러나왔다. 그 다음에 기억이 끊어졌다. 갑자기 밤이 되었다.

다시 밝아졌을 때 나는 미지근한 물이 담긴, 타일을 입힌 인공 저수조 바닥에 누워 있었다. 입에서는 향료가 섞인 비누 냄새가 났으며 엉덩이와 등에 늘 붙어 있던 해초와 조개도 보이지 않았다. 위에는 철사 그물이 둥근 지붕을 이루고 있었다. 저수조 옆에는 안경을 쓰고 물개처럼 수염을 기른 대머리 남자가 쳐다보고 있었다. 물베르거 박사인 당신이 말한다. 안녕, 아이젠한스. 기분이 어떤가? 내가 대답했다. 나는 어디에 있는 거죠? 어떻게 여기로 오게 되었죠? 뒤이어 당신이 다시 말한다.

여보게, 자네는 현재 과학 연구소에 있다네. 자네를 찾아 내리라고는 생각도 못할 뻔했지. 20년 전부터 우리 금고에는 자네와의 회동에 관한 SS 전대장의 보고서가 잠자고 있었다네. 그 보고서는 당사자가 전사했기 때문에 더 이상 발송되지 못했어. 전사자의 동료였던 어떤 야금학자가 보고서를 수중에 넣었고 전후에 자기 회사에다 넘겼다네. 그 회사는 다시 우리에게 진위를 알아보기 위해 이 보고서를 맡겼지. 내가 늪과 웅덩이, 그리고 하천을 샅샅이 조사한 것에 대해 어떻게 생각하나, 아이젠한스? 즉 그 전사자는 장소를 기입하는 것을 잊어버렸다네. 어제 저녁 악마의 늪에서 자네가 떠올랐다는 소식을 접했을 때 당장에 서둘렀지. 새벽 네시에 우리는 지뢰 탐색 장비를 가지고 바닥을 검색해나갔다네. 마침내 우리는 자네를 발견했지. 물 속에 마취제를 투입한 후, 쇠줄을 자네의 목에 걸고 강가로 끌어낸 다음 트럭에 실어서 연구소로 데려온 거야. 차를 타고 오는 도중에 수많은 기자들과 호기심에 찬 사람들이 우리와 마주쳤다네. 우리는 그들을 앞질러 왔지. 자네 스스로를 축하해도 좋다네. 부식은 앞으로 생기지 않을걸세!

매일 아침 물베르거 박사가 저수조 옆에 나타났다. 매번 교체하는 플라스크에서 이런저런 혼합물이 물 속에 방울져

떨어졌다. 그것은 염산제일까? 부식 방지제일까? 어쨌든 나는 어느 날 아침 마치 젊은이처럼 완전히 매끈매끈하고 화사한 몸으로 깨어났다. 수조 바닥에는 예전에 내 몸에 붙어 있던 녹이 가늘고 거친 층을 이루어 흩어져 있었다. 나는 자랑스러운 마음으로 신체 부위들을 유심히 살펴보았다. 몸에서 나온 빛이 물에 반사되어 물베르거 박사는 나에게 접근할 때 선글라스를 껴야만 했다. 왜 나를 고향의 늪에서 데려왔는지 아침마다 물었지만 그는 항상 미소를 지으면서 고개를 흔들며 말했다.

기다리게, 아이젠한스. 미래는 벌써 시작되었다네, 아이젠한스. 우리는 자네가 급히 필요하다네, 친구여. 오늘 아침 기분은 어떤가?

고마워요, 박사님, 매우 좋아요. 완전히 젊어진 기분이에요. 1720년이 아니라 마치 20년 전에 태어난 것 같아요.

다음날 아침 처녀의 용모를 지닌 어떤 인물이 강철의 빛을 발하는 나의 나체 위로 몸을 굽혔다. 18세기의 자손인 나에게 그것은 황당함을 안겨주었다. 나는 몸을 웅크렸고 그녀는 킥킥거렸다. 그녀는 계속해서 주위로 밀고 들어와서는 젖 같은 죽이 든 통 하나를 비웠다. 그때 그녀가 어깨에 옷을 걸치지 않았음이 드러났다. 그녀는 조금 더 가까이 다가왔다. 나는 두 눈을 내리깔았다. 왜냐하면 그녀의 귀여운 곡선 부위

에도 아무것도 걸쳐져 있지 않았기 때문이다. 번쩍이는 나의
몸 외부 전체에 불그스레한 빛이 퍼져나갔으리라고 믿는다.
그 다음날 나는 감히 두 눈을 떠보았다. 일주일이 지난 후에
는 완전히 나체인 그녀의 모습에 익숙해졌다. 그래서 어느
날 아침 그녀가 자신과 마찬가지로 옷을 전혀 걸치지 않은
두번째 처녀와 함께 나타났을 때의 놀라움은 별것 아니었다.
한 사람은 금발이었고 또 다른 사람은 갈색 머리였다. 세번
째 처녀의 얼굴에는 주근깨가 엄청 많았다. 네번째 처녀의
피부는 햇볕에 그을린 갈색이었다. 여덟번째의 경우 나는 더
이상 개별적인 상황을 알아차리지 못했다. 스무 명의 처녀들
이 저수조를 둘러싸게 되었을 때에는 그들을 구별하는 것이
거의 불가능해졌다. 그들을 먹고 싶은 마음은 전혀 들지 않
았다. 내 머리 위의 철사 그물이 사라지고 내가 쉽사리 거대
한 손을 위로 뻗어 아침 식사를 가져오는 것이 가능하게 되
었을 때도 마찬가지였다. 이해할 수 없는 일이었다. 나는 야
수성을 상실했던 것이다. 식욕 감퇴제가 물 속에 섞여 있었
거나, 아니면 단순히 미지근한 물이 나의 야수성을 진정시켰
을 가능성도 있었다. 그녀들이 뻔뻔스럽게도 수면 위에서 물
장구를 칠 때 나는 한 번도 그녀들을 붙잡지 않았다. 그녀들
이 잠수했을 때에도 마찬가지였다. 그녀들은 아주 가까이 다
가와서는 작고 부드러운 앞발로 나를 만졌다. 그러면 내 가
슴통에서는 증기 망치 같은 어떤 것이 작동했다. 그녀들은

마치 인어나 바다 요정인 네라이데, 닉스, 나야데, 님프, 혹은 내가 그녀들의 끊임없는 쇄도에 굴복할 때까지 유혹하는 존재처럼 내 주위를 나풀나풀 날아다녔다. 9개월이 지난 후 물베르거 박사가 저수조 옆에 와서는 고개를 끄덕이고 미소를 지으며 말했다. 축하하네, 아이젠한스, 자네는 오늘 아버지가 되었다네. 정확히 스무 명의 아이들이네. 열두 명의 딸과 여덟 명의 아들이야.

내가 말했다. 박사님, 몸둘 바를 모르겠습니다!

말도 안 돼, 아이젠한스. 그것을 위해 자네가 여기에 있는 거야. 아 참, 자네가 내 연구소에 거주하는 목적을 말해주는 것을 잊었었군. 이제 그것을 알게 될 거야.

나는 그에게 심지어 비록 시효는 지났지만 산지기들과의 일을 포함하여 나의 인생을 충실히 털어놓겠노라고 대답했다. 그럼에도 불구하고 그는 나를 악용하려는 이유에 대해서는 침묵했다. 지금까지도. 그가 약의 분량을 정하고 있는 지금까지도 말이다.

우리는 자네와 같은 체질의 사람들을 필요로 한다네. 태고 이래로 노력해온, 마찰 없이 기능하는 역사적 진행의 완성이 아이젠한스, 자네와 같은 인간을 통하여 곧 이루어지려고 하네. 지금까지의 호모 사피엔스, 즉 눈물이 흔하고 영원히 굶주리며 영원히 불만족스러워하고 좌충우돌하는 감정에 따라 움직이는 피조물은 천천히 자네의 정자로 만들어진 종족에 의해 대체될걸세. 우주를 통치하기 위해서는 강철 같은 인류만이 부름을 받았다네. 그리고 나, 호르스트 물베르거 박사는 그들의 선지자가 되겠지!

그는 오른손으로 동작을 취하면서 왼손은 등뒤에 감추었다. 따라서 그의 행동은 서툴러 보였다. 그가 작은 병 하나를 나에게 숨기고 있다는 것을 나는 안다. 그 병에는 내가 정확히 기억하고 있는 호박색의 물질이 담겨 있다. 해명을 요구받은 그가 짧게 대답한다.

자네는 의무를 다했네. 이제 늪으로 돌아가도 좋네.

곧 그 물질은 노란색의 안개처럼 물 속으로 퍼져나간다. 내가 저수조의 맞은편 구석으로 물러났음에도 불구하고 그것은 나에게 도달한다. 의식이 흐릿해지는 가운데 나는 물베르거 박사 양반이 동일한 재료가 든 병을 바꾸어가며 계속 물 속에 쏟아붓는 것을 본다. 꾸벅꾸벅 졸면서 나는 어떤 목적으로 과다한 처방을 하는지 의아하게 생각한다⋯⋯

에필로그: '일간 신문' 광고란의 광고.

2톤 가량의 양질의 강철(하자가 생긴 입상 주조물)을 고철 가격 이하로 제공합니다—H. 물베르거 박사, 거시생물학 연구소.

때아닌 안드로메다 성좌

이륙, 이륙.

카시오페이아자리의 깜빡이는 점들인 취락 행성들로 가기 위한 매일 밤의 탑승과 이륙. 뉴스와 날씨 현황, 습도와 행성에서 일어난 사건들의 보도가 끝난 직후인 정각 0시. 여자 아나운서의 다채로운 토르소가 새빨간 귀여운 입술을 열고 "0시입니다"라는 말과 함께 조심스럽게 날짜를 속삭인 다음 미소를 머금은 채 밤인사를 하고 오늘의 이륙 장면 중계를 예고한다.

이륙: 아직도 일부 사람들은 텔레비전에서 출발 광경을 시청한다. 몇 년 전부터 신물나게 보아온 장면이다. 항상 똑같은 화면이다. 수백 명의 사람들이(물리적으로 지구와 비슷하게 만들어진 성좌로 떠나는 여행에 선택받은 사람들이다. 거기에는 식량 결핍이나 이러한 결핍에 대한 극심한 관리 체제가 없다) 납작한 관제 건물에서 쏟아져나와 일렬 종대로 길게 줄지어 서서 인사에 응답하며 거대한 로켓에 오른다. 카

메라를 향해 인사하고 웃는가 하면 한 손에는 가방을 들고 다른 손으로는 모자를 높이 흔들며 그들 모두는 이륙 준비가 된 탑 안으로 사라진다.

집에서 안락의자에 앉아 시청할 수 있듯이 출발할 때의 압력파로부터 보호하기 위해 먼 곳에 설치된 또 다른 카메라는 인적이 끊긴 출발선의 전체적인 모습을 한밤중에 시청자들의 방으로 전송한다. 그들은 납득할 수 없는 이유에서 에너지 소비를 무시하고 잠자리에 들기를 꺼린다.

보조개가 드러나는 아름다운 미소: "오늘은 2월 25일 금요일 0시입니다. 우리는 지금 8566번째의 이륙을 중계하고 있습니다. 모든 혹성인들에게 밤인사를 전합니다. 시동을 거는 비행체들의 뭉툭한 후미에서 하얀 불꽃이 나오고 있습니다. 비행체들은 차례로 비계에서 떨어져 육중한 몸체를 일으키고 있습니다. 그 모습은 마치 물질과 기계가 실제로 먼 여행을 떠나야 할지 망설이는 것 같습니다. 진동하던 몸체가 갑자기 결심을 굳힌 듯합니다. 상승 속도에 가속이 붙더니 점점 더 빨라집니다. 함께 흔들리는 카메라 렌즈에 잡히던 비행체들은 마침내 하늘의 전경, 즉 세계 무대의 이해할 수 없는 세트 앞으로 한없이 날아갑니다." 항상 똑같은 과정이다. 5년 동안 밤마다 반복되는 그 과정을 시청하는 것도 대부분의 사람들에게는 피곤한 일이 되고 말았다. 그런 종류의 시청은 지루하다. 가끔 뉴스 시간에 천왕성과 해왕성에서의 일상 생활에 관해 보도되기도 하지만 기술적으로 형편없고 대부분 단색이어서 세세한 내용은 거의 알 수 없다. 거기에 나온 사람들은 나무에서 과일을 따고 차를 타고 다니는가 하면 주거용 캡슐 앞에 앉아 있기도 한다. 비록 불명확하고 자세히 확인할 수는 없지만 그들은 최저 생활에 허덕이는 지구의 국민들과는 정반대로 잘 먹고 걱정이 없는 듯한 인상을 준다. 자원은 조상들의 무분별함 탓으로 최저 생활의 혜택마저 모든 사람들에게 돌아가지 못한다. 그래서 이주해야 하며 매일 밤 정각 0시에 이륙한다. 우편으로 녹색 카드를 받은 사람만이 출발선에 '출두'할 수 있다. 그들은 곧 은하의 품에 안길 수 있다는 행복에 들떠 있다.

벌써 사람들이 잠자리에 들면서 칼로리 소모를 줄이기 위해 의식적으로 재빠르게 옷을 벗는 동안 감겨진 눈꺼풀 뒤에서는 아직도 로켓 엔진의 불꽃이 타오른다. 프로메테우스적인 계획의 바닥을 향한 횃불이다. 함께 날아갈 수만 있다면 좋으련만!

식사에 관한 대화는 더 이상 존재하지 않는다. 빛바랜 요리책을 몰래 뒤적일 필요도 없다. 마지막으로 남은 새들 중의 하나인 까치나 까마귀를 절망적이고 탐욕스러운 눈으로 응시하지도 않는다. 그것들은 자연 보호 대상이기는 하지만 멸종(더 정확히 말하자면 잡아먹히는 상태)을 면할 길이 없다.

그러나 자원 봉사자들은 그것들을 잡지 않는다!

녹색 카드를 제시하지 않는 사람에게는 우리가 별로 알지 못하는 우주가 닫혀 있다. 모르면 모를수록 비행 궤도는 더 멀리 뻗어나간다. 마치 확장의 대가가 정복한 것을 자연과학적으로 이해하는 일반적인 능력의 위축인 듯하다. 지식은 더 넓어지지만 더 피상적으로 된다. 사람들은 잠자리에 누워서 자신들이 너무 많이 알고 있다는 것을 안다. 그리고 그것이 전혀 쓸모 없으며 포만감이나 원기, 혹은 만족이나 위안을 주지 않는다는 것을 안다. 30세기는 원지점(遠地點)에 머물러 있고 침대에서 바라보면 침묵하고 있다. 그것은 지속적이며 측정 가능한 무상함의 통돌이다.

이륙, 이륙.

0시에 초단파 방송에 나오는 여인의 얼굴과 봉긋 벌어진 입술을 대하면 잠이 달아난다. "오늘은 4월 10일 화요일 0시입니다. 우리는 지금 ……번째의 이륙을 중계하고 있습니다."

무리들이 부드러운 확성기 목소리의 지시에 따라 정렬하고 있다.

탑승.

벌써 카운트다운이 시작된다. 그때 색들이 제 빛깔을 잃더니 유리 뒤에 무지개를 나타내는 스펙트럼이 펼쳐진다. 유리 안에서 눈에 보이지 않는 부드러운 목소리가 말한다. "화면

장애가 발생했습니다. 채널을 고정하고 기다려주십시오......"

곧 이어 색들이 다시 화합한다. 불꽃들이 벌써 우주선들에서 뿜어나온다. 우주선들은 허공에 떠올라 처음의 느린 속도가 점점 빨라지더니 태양의 시궤도를 향해 북쪽으로 나아간다. 밝기가 1등급인 별들이 금세 흐릿해지더니 안드로메다, 물고기, 천마, 백조 사이로 사라진다. 반짝이는 반점들은 옛날에 학교에서 애를 쓰며 암기했던 별자리들을 암시한다. 아이들이 무의미하게 던져진 곡식 낱알 크기의 별들에서 이집트 공주, 날개 달린 말, 조류와 어류를 상상해내기란 무리였다.

하지만 지금 그 별자리들이 흐린 유리판 위에 나타나 깜빡거리고 반짝인다. 프로그램은 끝나고 잠자리가 기다리고 있다. 옷을 벗을 때의 움직임이 느려진다. 이불 속에 들어간 시청자들에게 갑자기 커다란 의구심과 특별한 종류의 오한이 엄습한다. 4월 10일 0시인 오늘의 하늘에는 원래 안드로메다, 물고기, 천마, 백조 등이 존재하지 않는다.

습관적으로 조용한 손놀림으로 이불에서 빠져나와 창문가로 간다. 사실이다. 집 바깥에는 앞서 방송된 것과는 전혀 다른 하늘이 걸려 있다.

곰곰이 생각해보니 몸이 오싹해진다.

다음날 저녁 텔레비전 수상기 앞에서 "0시입니다......"와

"이륙……"이라는 말을 들을 때 가슴이 뛰고 맥박이 빨라진다.

벌써 화면에서는 늙은 남자들이 지팡이에 의지한 채 가방을 끌며 비틀거리고 있다. 곱슬곱슬한 흰 머리카락의 노파들은 카메라를 향해 통풍에 걸린 손가락을 흔든다. 그들의 눈은 삶의 의욕과 희망으로 빛난다. 무리 중에는 젊은 사람들도 끼여 있다. 그들이 흥분한 상태에서 웃을 때 드러나는 이는 지구의 궁핍에서 벗어나 더 좋은 삶이 여행자를 기다리고 있는 에덴 동산에 대한 갈망을 보여준다. 그런 식으로 행렬은 관제 건물 위의 확성기에서 흘러나오는 친절한 안내 방송에 따라 로켓 쪽으로 밀려간다.

마침내 마지막 승객 뒤에서 마지막 철문이 닫힌다. 순간적으로 화면이 가라앉는다. 곧 새로운 화면, 즉 숨겨진 카메라에서 바라본 출발선의 화면이 비칠 것이다. 곧 그것과 함께 오늘은 철저히 검사한 감청색의 밤하늘이 나타날 것이다. 화면은 불안하게 더듬듯이 시멘트 바닥과 그 경계에 면한 지평선을 끌어당기며 계절과 일시에 맞는 12궁, 안개, 항성 등을 지닌 검은 공간을 제시할 것이다.

안도의 한숨.

하지만 어제 느낀 불안의 잔영이 아직 남아 있다. 어째서 어제는 다른 하늘이 출발선을 덮고 있었느냐는 의문이 남는다. 비록 그 다음의 밤들이 각각 정확한 태양의 시궤도를 제공하고 모든 것이 정상이거나 정상인 것처럼 보인다 할지라도 마음에 걸리는 것이 있다. 누구나 느낄 수 있듯이 어떤 감정은 결코 떨쳐버릴 수 없다. 그것은 초대받은 집의 문이 열리자 기대한 손님 방 대신에 어두운 심연, 즉 미지의 암흑이 나타나는 듯한 감정이다. 설사 그 문을 두 번 다시 열지 않는다 할지라도 진정이 되지 않는 불안을 가슴에 품고 있다가 친구들과 아는 사람들에게 그것에 대해 이야기한다. "생각해봐, 최근에 이륙할 때 4월 한가운데에 11월의 하늘이 나타났다니까! 너희들에게 맹세해도 좋지만 안드로메다가 거기에 있었어! 방송국에 있는 누군가가 잘못된 필름을 끼워넣은 것 같았어……"

형체도 없는 은밀한 의구심을 털어놓고 나면 마음이 홀가분해진다. 불편한 심기는 밖으로 드러내야 사라진다. 친구들과 마음이 홀가분해지는 대화를 나눈 지 3일 후 아침에 복도의 편지 투입구 밑에서 이륙을 명령하는 녹색 카드를 발견하면 때아닌 안드로메다의 출현은 꿈을 꾼 것에 불과하다고 벌써 확신하게 된다.

병 통신

지속적인 수색에도 불구하고 그 발신지는 백조 성좌라는 상당한 심증만 있을 뿐 다시 찾아내지 못했다. 그러나 미지의 우주에서 발생한 전자기 현상을 규명하기 위해 새로운 프로그램을 작동시킨 후에는 이미 지구로 날아와 자동적으로 기록된 방사선들을 재조사하여 더 정확한 측정 결과를 얻었다. 하지만 예전에 이미 탐색한 적이 있는 은하 주변부 지점에 맞추어 개량 안테나를 조정했을 때는 더 이상 아무것도 잡히지 않았다. 증폭기와 스피커를 통해 청취가 가능하도록 변환된 다양한 소음과 함께 '초지상적으로 아름답게 들리는 소리'에 관한 고대의 예언적인 개념을 증명하는 동시에 조롱하는 듯한 우주는 하필 목표로 삼은 지점에서 침묵했다. 이례적인 일이었다. 방사선은 소멸하기 전에 양이 증가했고, 사라지기 직전의 단계에서 마치 우주적인 삶의 의지가 발동하듯 증폭되었기 때문이다. 그 다음에야 비로소 잦아들더니 피로 현상을 보였다. 시간과 공간에 따라 점점 감소하는 미립자 낙진으로 미루어볼 때 현란하거나 빈사 상태의 질료 대신 현재의 정적과 비활동성은 의구심을 자아내기에 충분했다.

처음에는 이전에 사용된 장비의 고장으로 결론이 내려졌고 여과되지 않은 원래의 잡음을 녹음할 생각을 했다. 그러다가 오래 전부터 문서실에 비치된 자기 테이프를 꺼내와서 녹음된 신호음들을 들어보았다. 그 신호음들은 보기 드물게 불규칙하고 녹음된 다른 모든 음들과의 차이가 뚜렷하여 어째서 당시에 적절한 분석이 이루어지지 않았는지에 대한 의문이 즉각적으로 제기되었다. 물건이 깨지는 소리와 따닥따닥 울리는 소리가 합쳐진 듯한 그 신호음들은 하지만 음을 변조한 것처럼 들렸고 기계음으로 해체된 인간의 목소리 같았다.

이 이상한 소음을 여러 번 들어본 결과 이와 비슷한 전자 방전들과의 비교 테스트를 통해 이것을 조사하기로 결정하였다. 다른 핵물리학적인 공정과의 친화성은 배제 내지는 무시되었다. 그러나 조사에 참여한 모든 전파 천문학자들이 연구소의 주컴퓨터를 이용하여 낯설고 극히 이국적인 언어를 자신들의 언어로 바꾸기라도 하듯이 이 소음에 덤벼들었음에도 불구하고 그 시도는 실패했다. 전자 계산기는 ── 연구소 소장이 그 문제에 관해 조언하는 자리에서 단언했듯이 ── 전적으로 천문학적 연구에 걸맞게 프로그래밍되어 있는 반면에 테이프에 담긴 소음의 해독에는 전혀 다른 프로그래 밍을 요구하는 것처럼 보였기 때문이다. 그는 의미심장하게 주변을 둘러보더니 자신이 마음속에 품고 있는 거의 의구심 에 가까운 추측에 대해 연구소의 다른 연구원들도 동조하리 라고 믿는다고 말했다. 그는 하지만 전문 분야의 사람들이 이것을 조롱거리로 삼고 연구소의 명성에 해를 입힐 수도 있 기 때문에 더 이상 경솔하게 자세히 설명하지는 않겠다고 말 했다. 그는 어쨌든 몽상가라는 소리는 듣고 싶지 않았다. 그 러나 — 그는 자신의 생각을 말하지는 않고 그 중요성만 몸 짓으로 전달하려고 했다 — 자기 테이프에 그가 의심한 내용 이 실제로 담겨 있을 경우에는 사람들이 엄청난 사건을 감지 하게 될 터였다. 물론 전문가만이 그 해법을 알고 있다는 것 이었다. 누군가가 끼여들어 "대체 어떤 전문가를 말하는 것 입니까?"라고 소리치자 그는 단박에 거침없이 "방첩대"라고 대답했다. 그의 말에 모두들 불쾌한 표정으로 웅성거렸다. 마치 사과하는 태도로 연구소장은 다른 그 누구도 암호를 푸 는 것은 고사하고 소음 속에 감춰진 어떤 전달 내용을 정확 하게 재인식할 수 없다는 말을 덧붙였다. 그리기 위해서는 이에 상응하는 전문적인 개입과 여기 연구소에서는 찾아볼 수 없는 또 다른 지식이 필요하다는 것이었다.

그는 그 자리에 모인 연구원들에게 침묵할 것을 엄숙히 선 서하게 만든 후 자신이 특별한 관계라고 칭한 것을 위해 진력하였다. 이것은 일시적으로 불쾌감을 불러일으키는 계기가 되었다. 과거에 이루어진 과학과 군대 사이의 몇 가지 협력이 기억에 떠올랐기 때문이다.

다른 연구소와 마찬가지로 우리 모두의 뒤에는 헝클어진 흰 머리카락에 혀를 앞으로 쑥 내민 유령이 서 있다. 그는 순수한 연구자의 전형이자 준수할 것을 흔히 맹세하는 윤리의 기념비이며, 아마추어 바이올린 연주자에다가 그 희생자가 수십만 명에 이르는 살인의 조력자의 조력자였다. 그는 나 혹은 우리와 마찬가지로 직업적인 파르치팔[1]이었다. 전파천문학, 그것은 아직 괜찮았다. 여기서는 아직 손에 피를 묻히지 않는다고 말할 수 있었다. 바로 그런 이유로 연구소장이 자기 테이프를 편집한 복사본을 해당 부서의 담당 장교에게 건네면서 자신의 의구심을 숨김없이 표현했을 때 그의 불쾌감은 이전보다 강하게 되살아났다. 이 삭막한 사무실에서는 비밀을 보장받을 수 있었다. 연구소장은 당황한 태도로 자신의 불확실함을 고백했다. 그의 생각이 너무 대담하기는 하지만 옛날부터 내려온 기대와 부합한다는 것이었다. 왜냐하면 천문학자는 언젠가 한번은 낯선 이성의 기호와 맞닥뜨리게 되리라는 의식 속에서 연구하고 있음에도 불구하고 막

---

1) 볼프람 폰 에셴바흐(1170~1220)의 동명 서사시의 주인공. 그는 처음에 기사도의 격식을 존중하기 위해 인간적인 연민의 감정에 등을 돌린 탓으로 훌륭한 기사가 되지 못한다: 이하 각주는 모두 옮긴이 주.

상 그 순간이 다가온 것처럼 보이면 착각으로 인해 그 명성을 잃지나 않을까 하는 자기 회의 내지는 두려움에 빠지기 때문이었다. 연구소장은 최소한 이러한 우려를 방문 및 협조 요청의 이유로 내세웠다. 그는 장교가 이해심을 보이며 이 일을 세심하게 보안을 유지한 상태에서 처리하겠다고 약속하자 마음이 홀가분해졌다. 장교는 심지어 과학이 모든 가치를 파괴하는 회의에 휩싸여서는 안 된다는 견해를 지지한다고 매우 심각한 어조로 설명했다. "마지막 보루는 지켜져야 합니다. 그것이 우리들의 주된 임무입니다. 그 점에 있어서 우리는 적과 의견이 같습니다."

2주일도 채 지나지 않아서 급히 기관으로 와달라는 전화가 연구소로 걸려왔다. 연구소장이 갑자기 맥박이 빨리 뛰는 것을 느끼며 급히 서두르는 이유와 혹시 긍정적인 결과가 나왔느냐고 물었을 때 들은 대답은 전화상으로 계속 이야기하면 처벌을 받을지도 모르는 경솔한 행위가 되리라는 것뿐이었다. 이처럼 은밀한 소환은 원래의 의구심을 증명하는 것말고 그 무엇을 의미할 수 있단 말인가? 그들은 항상 이 생각을 염두에 두었었다. 확률 계산은 그들에게 이미 이것을 기대하게 만들었다. 수십억 개 중의 하나인 어떤 태양 주위를 생명체에 대한 전제 조건들이 성립하는 혹성 하나가 돌고 있음에 분명했다. 아니, 하나가 아니었다! 생명체가 존재 가능하고 또한 존재한 수많은 지구들이 산출 가능한 거리를 두고 자신들을 연결하는 궤도에서 쏜살같이 움직이고 있었다. 이것에 대해 곰곰이 생각해보면 지금까지 아무런 접촉이 없었다는 것이 오히려 기적이었다. 마침내 그 기적이 이루어졌다!

불안한 기색이 역력한 그의 손이 장교의 손에서 '극비'라는 도장이 찍혀 있을 뿐, 제목도 없는 얇은 서류철을 신경질적인 조급함의 표시로서 반쯤은 낚아채듯 건네받았다. 그는 명령에 가까운 요구 사항을 들었다.

"그것을 읽고 난 후 즉시 잊어버리십시오!"

이 말이 혼란을 불러일으켰다. 이것을 눈치챈 장교는 그에게 몇 가지 설명을 해주었다.

"문제가 된 것은 이중의 암호화입니다. 이것은 먼저 콜리-박테리아의 간단한 유전자 구조로 전이된 다음 한 번 더 수학 언어로의 생물학적 번역이 이루어졌습니다. 풀기 어려운 문제입니다! 우리들의 노력의 결과가 당신 앞에 놓여 있습니다. 그러나 나는 당신이 군사 기밀을 보호할 의무가 있으며 군형법 제3조의 적용을 받는다는 사실에 대해 주의를 환기시키지 않을 수 없습니다. 이 정보를 제삼자에게 전달할 경우 전시 법률에 따라 처벌을 받게 됩니다. 개인적으로 덧붙이고 싶은 말은 당신이 그것을 읽을 수 있도록 하기 위해 내가 힘을 썼다는 점입니다. 나는 당신에게 비밀을 털어놓고 테이프 원본을 넘겨받을 것이라고 상부에 약속해야만 했습니다. 나를 실망시키지 마십시오. 나로 하여금 어떤 조치를 취하도록 만들지 마십시오……" 그는 유감스러운 태도를 보이면서 "우선 그것을 한번 읽어보십시오"라며 말을 끝냈다.

연구소장은 환상 속에서 행복과 기쁨에 겨워 그려본 이러한 순간이 더 이상 생각나지 않았다.

"읽어보시라니까요!" 읽기를 재촉하는 지시 때문에 곰곰이 생각해볼 시간적 여유가 없었다. 표지를 넘길 때 바스락거리는 소리가 났다. 기계로 씌어진 텍스트는 조판된 페이지 한가운데에 위치해 있었다. 문장들은 알기 쉬웠음에도 불구하고 연구소장은 몇몇 문장을 반복해서 읽었다. 그의 입술은 소리 없이 움직였는데 그는 마치 이를 통해 그 해괴한 사건을 더 잘 파악하려는 것 같았다.

"……한편에서는 생각한다." 그는 천천히 읽어 내려갔다. "하지만 또 다른 한편에서는 그것이 무의미하다고 생각한다. 당시에 모든 정치 역사적인 지도들을 모아서 없애버렸다고 한다. 이것은 민족주의와 인종간의 증오를 제거하기 위해서였다. 그래서 오늘날에는 그 누구도 자신이 어디에 살고 있는지 모른다. 당연히 나는 계획 구역 AB 111에 거주하고 있다는 것을 안다. 그러나 모든 혹성인들은 똑같은 크기의 계획 구역 안에 살고 있기 때문에 그들 사이에 질투나 시기는 존재하지 않는다. 최소한 주변 환경의 공간적인 범위와 관련해서는 그러하다. 계획 구역 개혁의 시기에 여기저기 존재하던 역사적 건축물들이 헐리면서 모든 도시들은 비슷한 모습을 갖추게 되었다. 이것은 계획 구역 거주자들이 자신들의 지역을 알아보지 못하도록 만들고 따라서 지역적인 불평등과 갈등을 배제하기 위해서였다. 이제 우리 모두는 평등하다. 나 자신은 예상컨대 남쪽보다는 북쪽에 살고 있다. 계획 구역을 벗어나는 것은 심지어 완전히 불가능하지는 않다 할지라도 말할 수 없는 어려움을 수반한다. 경계선은 실질적으로 넘어설 수 없다. 이웃 구역에서 일어난 일은 회람을 통해 알게 된다. 매일 그것을 읽으면 경계선 저편에서 어떤 일이 일어났는지를 알 수 있다. 그러나 한편에서는 그 어느 것도 사실이 아니라고 생각한다. 또 다른 한편에서는 그것을 제대로 읽으려면 뒤에서 앞으로, 혹은 밑에서 위로 읽어야 하며 그래야만 진실을 대충 알게 된다고 생각한다. 진의를 감춘 상태에서만 표현되는 다양한 견해들이 있다. 어떤 견해에 따르면 심지어 우리 구역 바깥에 사는 혹성인의 존재를 부정하고 우리 혹성 전체의 존재 자체가 거짓으로 꾸며낸 것이지만 이러한 기만의 목적을 꿰뚫어보지는 못한다. 또 다른 견해는 그 어떤 것도 기만이 아니고 모든 것은 반박할 수 없으며 환영할 만한 명백한 사실이라고 주장한다. 따라서 구역의 요구에 복종하는 것이 우리의 의무라는 것이다. 우리들의 현존재에 대한 의미 부여는 오직 이 구역과 연관되어 있기 때문이다. 구역이 없이는 우리 자신에 대한 의식도 가질 수 없다.

하지만 이것은 우리 같은 부류가 감당할 수 없는 문제들이다. 나 또한 단순한 구역 시민일 뿐이다. 나는 존재 여부와 상관없이 이웃 구역들에 우리 구역을 알리기 위한 파동 변조기 일을 한다. 나의 임무는 고장이 없는 중계이지 중계된 내용의 통제가 아니다. 그것의 담당자는 내가 아니다. 나는 응집된 상태에서 다양한 양자로 변환되어 송출되는 수열에 매달려 있다. 나는 내 업무에 만족한다. 그 업무는 폐기 시설에서의 업무보다 더 낫다. 그곳에서는 알려진 바대로 탈세속화를 지정받은 자들이 갑자기 최종 목적에 저항하고 자신의 자발성을 부정하고 나서는 일이 빈번하기 때문이다. 더 일찍 혹은 더 늦게 우리 모두는 이 길을 간다. 나는 하지만 공명심이 없으며 40세가 되어서야 나 자신을 폐기하기로 확약했다. 이것은 누구나 알 듯이 별다른 장점이 없다. 우리들 중에서 구역에 대한 사랑이 남다르고 공공의 안녕이라는 측면에서 시의적절하게 조기 박멸을 신청하는 인물들은 선택받은 자들이다. 가끔 심지어 20세를 최종 기한으로 정하는 그들은 방종의 나날을 보내거나 자기 말살 카드를 제시하는 즉시 보장해주어야 하는 장점을 도처에서 누릴 수 있다. 그럼에도 불구하고 일주일에 한 번 목욕을 하고 토요일마다 육류를 즐기는 등 몇 가지 특권 때문에 얼마 후에 개인적인 에너지 축전지를 헌납할 만큼 나는 내 자신을 다그칠 수 없었다. 나의 도덕심은 유감스럽게도 그다지 높지 않다. 앞선 세대들이 모든 것을 소비해버렸기 때문에 우리 구역에서 에너지와 원자재를 얻을 또 다른 가능성을 지니고 있지 않다는 것을 내가 모르는 바는 아니다. 매일매일의 회람을 읽어보면 무엇보다도 소량의 철분을 얻기 위해서 얼마나 많은 폐기가 필요한지 수시로 알 수 있다. 다행히도 우리는 최대한도의 인구 수준을 지니고 있다. 따라서 우리는 당분간 인간 자원이 부족하여 고생할 염려는 없다.

명예롭게 구역에 도움이 되고자 하는 사람들과 비교하면 도덕적으로 타락한 사람들, 즉 범죄자들은 행패를 부린다. 그들은 앞에서 말한 특권 때문에 말살 카드를 위조한다. 회람은 지속적으로 그들에 대해 경고하고 그들을 성공적으로 제거하는 데 도움을 준 사람에게는 프리미엄을 제의한다. 프리미엄 내용은 두 번의 전신 목욕이다. 유감스럽게도 나에게는 지금까지 한 명도 걸려들지 않았다. 그래서 나는 전신 목욕의 특별한 성취감에 대해 전할 말이 없다. 내 자신의 한계가 그러한 종류의 특권을 배제시킨다. 그러나 그것은 멋지고 경탄할 만한 가치가 있으며 절호의 기회임에 틀림없다.

하지만 나는 또 다른 육체에서 그 결과에 감탄할 수 있었다. 이 감탄이 파동 변조기를 개인적인 목적에 남용하는 동기가 되었다. 나는 내 행위의 비열함에 대해서 명백히 알고 있다. 그러나 나는 망각을 거부한다. 나의 경험이 결코 헛된 것이 되어서는 안 된다. 이 전갈을 받은 사람은 내가 언젠가 정직하게 사용하겠다고 맹세한 장비에 대한 것보다 더 깊은 후회가 존재한다는 것을 알지도 모른다. 나는 이 맹세를 깨 뜨렸고 모든 결과에 책임질 준비가 되어 있다.

근무가 없는 날에 자신의 모습을 일그러뜨려 거울에 비춰 보는 오락을 즐길 수 있는 중앙 반사(反射) 궁전에서 몇 주 전에 어떤 여성이 나와 마주쳤다. 처음에는 무관심했지만 우 연히 여러 번 같은 반사경에서 동시에 자신의 모습을 바라보 았기 때문에 우리는 곧 서로의 주의를 끌게 되었다. 꿈에서 나 본 형상 비슷하게 머리는 풍선 모양이 되고 몸통은 장신 구처럼 쪼그라들거나 말뚝처럼 비좁아지는 현상이 우리를 진심으로 즐겁게 했다. 그렇게 해서 우리는 대화를 나누게 되었다. 지금도 모든 말투와 억양이 기억에 생생한 이 대화 에서 우리 두 사람 사이에는 그때까지 내가 알지 못했으며 조절이 안 되고 두려움을 불러일으키는 어떤 것이 생겨났다. 나중에 우리가 함께 나의 거처에 들어섰을 때 나는 오는 도 중에 전혀 다른 사람이 되어버린 것 같았다. 곧 이어 나는 어 스름 속에서 익숙지 않은 육체의 향기를 맡으며 상대방의 몸 을 껴안고 압도당한 채 말없이 휴식을 취했다. 그녀의 기분 도 다르지 않았다. 우리는 잊어버렸다고 믿은 방식으로 서로 를 이해했다. 그 후에는 우리 두 사람 중의 누군가가 가령 "왜 하필이면 지금이죠?" 혹은 "한 시간 전에 그 꿈을 꾸지 않았나요?"라는 말을 하고 나서 확인해보면 상대방도 똑같은 것을 생각하고 있었다. 이것은 생각의 일치가 어느 정도인지를 보여주었다. 한 가지 점에 있어서는 사정이 달랐다. 그녀는 빛을 꺼려했으며 나의 간청에도 불구하고 불을 켜기 전에 옷을 입었다.

우리가 만나거나 혹은 만나지 못하고 맹목적으로 서로를 느낄 때마다 촉각에 의한 충만함에 시각적인 충만함을 덧붙이고자 하는 나의 욕구는 더 커졌다. 결국 그 충동은 억제할 수 없을 정도가 되어 나는 어느 날 저녁 그녀가 침대에서 몸을 일으키자마자 전등 스위치를 올리고 말았다. 감정이 상한 그녀는 나에게서 몸을 돌렸다. 나는 즉시 지금까지 그녀가 부끄러워한 이유를 알아차렸다. 그녀는 깨끗이 목욕한 상태였다. 목욕한 육체와 재활용 액체를 이용하여 대충 닦은 육체 사이의 차이를 어둠이 가려주었던 것이다. 이제 그 차이가 명백히 드러났다. 온기가 힘차게 흐르는 피부의 매끈함과 유연함, 온화한 몸의 향기, 머리카락의 부드러움 등 이 모든 것은 앞에서 말한 특권의 결과로 돌릴 수 있었다.

환희와 당황의 첫 순간들이 지난 후, 그녀가 비정상적일 정도로 때 이른 폐기를 결정해야만 했다는 진실을 알게 되었을 때 나의 감각은 이 사실에 격렬하게 저항하기 시작했다. 무엇보다도 관상 혈관이 고통스러운 경련을 통하여 그것에 항의했다.

불빛에 더 이상 신경 쓰지 않고 옷을 급히 입은 그녀는 진정으로 혹은 일부러 무감각하게 "그렇게——이제 당신도 아셨군요!"라고 말했다.

나의 입에서 "언제?"라는 단 한마디의 말이 나오기까지는 한참이 걸렸다.

그녀가 다시 미소를 짓기는 했지만 이전의 명랑함을 대신하는 그 미소는 그녀의 심각함을 표면적으로만 덮을 수 있을 뿐이었다. 그것은 또한 어쩔 수 없이 결코 명랑하지 못한 설명을 수반하는 것 같았다. 그 다음에 그녀는 자신의 21번째 생일이 바로 그날이라고 조용히 대답했다. 그리고 계속될 질문을 미리 차단하며 "더 이상 그것에 대해서는 말하지 않기로 해요"라고 말했다.

나의 어림짐작이 맞는다면 그녀는 기껏해야 17살이었다. 물론 여성의 생물학적 발전 단계에 대한 나의 지식은 매우 불충분했다. 그래서 나는 나의 의심스러운 추측을 입증하려고 시도했지만 성공의 기미가 보이지 않았다. 간접적인 질문에도 그녀는 능숙하게 빠져나갔다. 지난 몇 년 동안 계획 구역에서 일어난 유명한 사건들에 그녀가 어떤 관심을 보였는지를 알아보려는 부차적인 질문도 마찬가지였다. 그 사건들을 바탕으로 나는 그녀 나이를 더 정확하게 산출해낼 수 있었을 것이다. 그녀의 손가방을 뒤져볼 생각도 했지만, 수치심과 같은 신뢰에 대한 배신감이 나를 방해했다. 그 결과로 우리는 행복과 불행의 야릇한 동시성 속에서 살아나갔다. 내 자신의 육체를 비로소 완성시킨 그녀의 육체가 곧 에너지로 소멸되는 반면에 나는 살아 있는 토르소처럼 그러한 절단에 익숙해질 희망도 없이 뒤에 남게 되리라는 생각은 점점 더 많은 애를 써야만 떨쳐버릴 수 있었다. 그러던 어느 날 그녀는 잠자리에서 일어나 옷을 입은 후 다음과 같이 말했다.

"내일부터는 더 이상 올 수 없어요……"

앞에서 말했듯이 두려워하던 생일이 코앞에 닥친 것이었다. 그녀는 마치 그러한 종말을 받아들이지 않으려는 나의 거부감을 기다리기라도 했다는 듯이 새로이 옷을 벗었다. 그녀를 설득할 그 어떤 논거도 필요치 않았다──우리가 금지령을 정확히 알고 있었음에도 불구하고.

나의 식량 배급량은 우리 두 사람에게 충분했다. 나는 대식가가 아니었다. 그리고 특별히 숨을 필요도 없었다. 우리는 항상 어둑해질 때가 되어서야 나의 집으로 왔기 때문에 그 누구도 그녀가 사라진 장소를 알아맞히기 힘들었다. 이것은 또한 우리들의 범법 행위가 발각될 경우 마찬가지로 탈세속화의 제물이 될 나 자신을 보호해주었다. 나중에 언젠가 우리들의 구역을 떠나서 다른 구역에서 은신처를 발견할 기회가 왜 없겠는가? 이곳에 대한 나의 충성심은 큰 손실을 입었다. 우리가 단지 함께 살 수만 있다면 나에게는 어떤 구역도 괜찮았다.

그 다음날 오후 내가 파동 변조기 일을 마치고 집으로 돌아왔을 때 그녀는 창백하고 열에 들떠 이불을 뒤집어쓰고 누워 있었다. 베개에 머리를 묻은 채 그녀는 아직 한 번도 아파본 적이 없었다고 하소연했다. 우리는 그녀의 안 좋은 건강 상태가 독자적인 미래를 결정한 흥분에서 비롯된 것이기를 바랐다. 우리들의 처지는 공공 의료 기관을 찾아가지 못하게 만들었다. 이튿날 아침에 그녀는 건강이 더 좋아졌다고 느꼈다. 나는 그녀를 혼자 조용히 남겨두었다. 그러나 나는 두통을 핑계로 조퇴하고 서둘러 집으로 달려갔다. 그곳에서 나는 시체를 발견했다.

그 충격이 여전히 말문을 열지 못하게 만들고 있다. 특별히 위험스러운 증세가 없던 건강한 피조물이 갑자기 죽어버렸던 것이다. 어느 정도 정신을 차리기 시작한 후에야 나는 아마도 올바르게 그 원인을 추론해볼 수 있었다. 즉 삶의 마지막 날에 대한 지속적이고 집중적인 의식이 그녀로 하여금 그날을 넘기지 못하게 만들었다. 그리고 우리들의 관계가 이러한 의식을 강화시켜주었음이 분명했다.

적어도 나는 그녀의 형상을 온전하고 가공되지 않은 상태에서 자연의 영원함으로 바꾸는 데 성공했다. 칠흑같이 어두운 밤 두시에 나는 풀밭과 덤불 사이에 있는 집 외벽 옆의 흙이 부드러운 곳에 그녀를 안장했다. 그전에 나는 공원의 정원사 소유의 삽을 훔쳐야 했다. 문서로 구입 이유를 밝혀야 하는 그러한 생산 도구를 몰래 취득함으로써 남의 이목을 끌지 않기 위해서였다. 그녀가 죽은 뒤로 나는 내 자신의 절멸 시점을 앞당겨야 하지 않을지 생각 중에 있다. 어떤 종류의 격려나 위안도 찾을 수 없다. 내가 그렇게 생각해서 그런지는 몰라도 주변에는 숨겨진 비애를 안은 채 거부적인 태도를 보이는 얼굴들뿐이다. 이 비애는 외부로 밀고 나오려고 하지만 감히 표현할 엄두를 내지 못한다. 기능상의 진행에 관한 실용적인 대화에서는 항상 그러하다. 대부분의 사람들은 다른 어떤 것에 대한 담론은 가치가 없다고 생각한다. 아무것도 변화 가능하지 않기 때문이다. 왜냐하면……"

그는 시작할 때와 마찬가지로 조판된 텍스트의 한가운데에서 읽기를 마쳤다. 마지막 쪽 다음에는 푸른색 마분지로 만든 서류철 뒤 표지가 이어졌다. 장교는 잠시 기다렸다가 침묵이 도를 넘지 않도록 재치 있게 잔기침을 하며 다음과 같이 말했다.

"부당한 괴로움에 대한 충격적인 기록입니다!" 그의 말에 연구소장은 동의할 수밖에 없었다. 그는 자신이 깊은 인상을 받은 이러한 경우를 장교와 똑같은 심정으로 바라보았다. 이 사건은 그가 우주에서 거의 상상할 수 없었던 인간적인 정서의 척도를 담고 있었다.

장교는 민첩한 동작으로 그에게서 서류철을 빼앗았다. "제삼자에게 이 사실을 전하는 것은 금지되어 있습니다. 가능한 한 빨리 원본을 나에게 건네주기 바랍니다. 그것을 없애버릴 수 있도록 말입니다……"

연구소장이 사정을 이해하지 못하고 그를 빤히 쳐다보았기 때문에 그는 말을 계속했다.

"원래 나는 그럴 권한이 없지만 이러한 지시를 내리는 이유를 들겠습니다. 그러면 원본을 제출하는 일이 더 쉬워질 것입니다. 우리는 이른바 이 전갈이 결코 다른 혹성에서 온 것이 아니라는 사실을 상당히 빨리 확인할 수 있었습니다. 그 이유를 아십니까? 발신인이 발신지를 정확히 표시했기 때문입니다. 즉 계획 구역 AB 111은 다름아닌 중부 유럽에 있습니다. 최근의 우리 참모부 계획에 따르면 그렇습니다. 예, 그 장소는 중부 유럽입니다. 우리는 얼마 전에야 지구의 계획 구역화를 결정했습니다. 우리들 이외에 그 누구도 그것에 대해 알 수 없습니다. 여기에서 당신은 어떤 결론을 이끌어내겠습니까?"

그는 손가락 마디로 서류철을 두들기며 공범 관계를 제안하고 요구하는 시선을 보냈다. 하지만 장교는 대답을 기다리지 않고 마치 그의 손님이 앞서 제기한 가설에서 벗어나는 그 어떤 설명도 제시할 수 없다는 것을 확신이라도 하듯이 혼자말처럼 계속 중얼거렸다.

"이것은 지금까지 알려지지 않은 상대성 이론의 현상입니다. 4차원에서의 피드백이라고나 할까요…… 비유적으로 말해서 모레로부터 온 병 통신입니다……"

어깨를 으쓱해보인 것이 유일한 논평이었다. 그것은 사실일 수도 있었고 그렇지 않을 수도 있었다. 장교에게 동의하는 대신에 연구소장은 머리를 창문 쪽으로 돌리고 커다란 상수리나무의 앙상한 줄기들을 바라보았다. 촉촉이 빛나는 가지 위에 가만히 앉아 있는 까마귀들은 벌써 오래 전부터 존재하지 않는 어떤 것을 진짜로 속이기 위해 박제 상태로 나무에 고정되어 있는 듯한 인상을 주었다.

아담과 이브

매일 잠에서 깨어날 때마다 나는 악몽 속에서 눈을 뜬다. 그 악몽의 현장은 어수선하고 더러운 우주선 안이다. 구석에는 수백 년이나 묵은 듯한 먼지가 쌓여 있고 돌출된 가장자리에는 완전히 닫히지 않은 함들이 보관되어 있다. 레버, 벽 부분, 해치 기둥의 똑같은 손잡이들에는 검푸른 녹이 슬어 있다. 우리들의 동일한 형태의 움직임으로 인해 색깔이 벗겨진 곳에는 에나멜을 칠한 밑의 금속이 숨김없이 드러나 있다. 나의 아내는 허연 수염을 기르고 있는 데다가 대머리다. 우리는 시리우스로 가는 중이며 아직 아이가 없다. 아이를 만들었을 때 내가 실수를 범했는지에 관해 나는 더 이상 단언할 수 없다. 그러기 위해서는 새로 절제 수술을 해야 한다. 이 밖에도 지금 나의 관심을 끄는 것은 오히려 모든 종류의 창조 행위에 애당초 실패가 예정되어 있지 않았는지에 대한 질문이다. 예기치 못한 근본적인 과오가 처음부터 초기의 모든 여건들을 결정하는 듯이 보인다. 무심코 튀어나온 '근본적인 과오'라는 말은 창조, 혹은 최소한 창조사와의 연관을 떠올리게 만들었다. 아내가 엄청나게 자란 턱수염을 퍼머하기 위해 항해 일지의 여분인 두루마리 종이에 말고 난 후 이 기이한 아시리아식의 찬란함에 빗질을 가하는 동안 나는 신에 대해서 생각한다.

신이 자기 본래의 전형을 본뜬 존재를 창조하려는 기도는 그 복사품인 우리가 비싼 대가를 지불해야만 했던 경솔한 착각이 아니었을까? 아무튼 그는 이것을 더 잘 알았어야 했다. 신의 섭리에 대해 경고받은 바 없었던 나는 꼼꼼하게 설명서에 따랐다. 그것이 예전에 지구에서의 깡통 따개나 사진기의 사용 설명서와 비슷하게 오해의 소지가 있는 표현을 담고 있었는지도 모른다. 어쨌든 내가 떠맡기로 했던 책임을 나 혼자 질 일이 아니다. 이에 관해서 나는 아내와 이야기를 나눌 수 없다. 그녀는 머리를 짜내어 생각해낸 고문으로 나를 벌하려 들 것이다. 왜냐하면 그녀의 혼란스러운 얼굴 치장과 번쩍이는 대머리에도 불구하고 여자는 더 이상 존재하지 않기 때문이다. 그녀가 유일한 최후의 여자이다.

평소보다 불안한 상태에서 잠을 잤거나 수면제의 효과가 아직 남아 있을 때 나는 가끔 어떤 환각에 시달렸다. 진동 기록기 밑에서 가느다란 뱀의 매끈한 몸이 휘감아 돌더니 곧 굳어져 전깃줄이 된다. 계기반의 유리에 반사된 빛이 나의 동공을 뚫고 들어와 뇌에까지 파고든다. 그것은 마치 당시에 잠을 자는 바람에 보지 못한 섬광을 누군가가 상기시켜주려는 것 같다. 하지만 나는 그런 종류의 공상이 어디에서 유래하는지 알고 있다. 단지 추방을 위한 낙원은 그 어느 곳에서도 상상을 불허하며 이전에도 결코 믿음을 주지 못했다. 시리우스를 제외하면 시야에 잡히는 것은 아무것도 없다. 이 머나먼 혹성으로 진로를 잡으라는 명령이 정확하게 표현되었고 나도 이것을 제대로 이해했기를 간절히 바란다. 인간 개인의 경솔함이 우리를 우주에 보냈다는 것을 감지했을 때는 너무 늦었다. 비상 사태나 재앙에 아무런 준비도 없이 우리는 135,000미터 상공에서 지구 주위를 돌고 있었다. 그것은 정기적인 업무였을 뿐 인류의 임무, 다시 말해서 인류의 보존을 위한 임무와는 상관없었다. 그러나 우리에게는 여전히 아이가 없다.

지금 아내는 잠자리에 들기 위해 옷을 벗는다. 그녀는 근육을 본떠서 알루미늄 비닐로 만들어 바스락거리는 소리를 내는 웃옷을 벗어 정리한다. 그 소리만큼 참기 어려운 것도 없다. 곧 이어 무엇을 요구하는 듯한 시선이 나와 마주친다. 퇴직한 어느 경리가 매력적으로 여기기라도 하듯이 그 요구는 마릴린 먼로나 마르레네 디트리히와 같은 사람에게서 나온 듯했다. 우리들의 경우에 그것은 차라리 위협적이다. 나보다 힘이 훨씬 강하다는 이유로 그녀는 나에게 자신의 의사에 따를 것을 여러 번 강요했다. 나중의 결과는 기대에 어긋

났다. 실패의 책임이 누구에게 있느냐는 곧 끝없이 이어지는 무의미한 논쟁의 변함 없는 테마가 되었다.

그녀는 나 자신에 의해 이식되어 이미 본래의 피부와 합생된 탄력 플라스틱 자궁을 지니고 있다. 그녀가 늘 나의 외과 수술상의 실책을 비난함에도 불구하고 나는 비록 그녀에게 드러내놓고 말하지는 않았지만 심리적으로 조건지어진 생식 불능을 확신한다. 내 후손이 출생하기 이전의 거처인 이중으로 용접된 합성수지 방광을 풀어헤칠 때 받은 충격을 생식 세포들이 이겨내지 못했기 때문이다. 증명하기 어려운 나의 가설에 따르면 생식 세포들은 삭막한 용기 안에서는 매번 본능적인 의무의 수행을 거부했다. 이 의무를 위해 나는 항상 새로이 스스로를 극복하고 제멋대로의 욕정과 윤리적인 차원의 과업에 충실하려고 한다. 내가 밤마다 반복하여 깜짝 놀라 일어나는 이유는 한 번 더 성관계를 맺어야 하기 때문이다. 이때 나는 몸 안으로 뚫고 들어와 숨이 막힐 듯한 방부제 냄새를 맡고 갑자기 기술적 과오이자 근본적인 과오, 즉 창조의 과오를 범했다는 것을 확신하게 된다. 하지만 이러한 통찰이 명확해질수록 나는 죄책감을 덜 느낀다.

누가 책임을 져야 할지에 관해서는 내 손으로 운명의 시작을 기록해둔 항해 일지를 다시 읽어보면 가려낼 수 있다.

궤도 운항을 시작한 지 3일째 되던 날——야간 당직이었던——E가 우주 시간으로 3시 15분에 나를 깨웠다. 15분 동안이

나 번갯불이 번쩍였다고 그가 말했다. A——이 사람은 나 자신이다——는 이 주장을 수준 이하일 뿐만 아니라 비과학적이라고 반박했다. 지구의 노천 면에서 발생하는 그 어떤 악천후도 식별할 수 없기 때문이다. E는 우주병의 발작에 시달리고 있다. E는 (매우 흥분하여) 더듬거리며 자신이 저 밑에서의 끊임없는 번개를 관찰했으며 그것은 몇 분 전에야 비로소 멈췄다고 설명했다.

나는 그에게 지상 통제소와 연결하여 앞서 말한 현상을 보고하라고 권했다. 아무렴, 마음대로 해보시지. 접촉을 꾀하려는 모든 시도는 실패했다. 심지어 비상 호출 신호에도 아무런 응답이 없었다.

점차로 우리는 어렴풋이 깨닫게 되었다. 그러나 계속 아무 일도 없었던 것처럼 행동했다. 우리는 관찰을 속행하고 그 결과를 확정하여 항해 일지에 기록하면서 프로그램을 수행했다. 항해 일지의 낱장들은 나중에 함부로 구겨서 뭉쳐진 덩어리로 변하고 말았다. 이따금 나는 고고학자라도 눈길을 주지 않을 정도로 알아보기 힘든 몇몇 단어들이 희미하게 적힌 찢어진 종이 조각을 발견한다. 우리는 임무를 계속 수행했다. 그리고 지구상에서 일어난 사건과 관련을 맺고 있을 법한 모든 것은 대화에서 피했다. 우리 두 사람 사이에서는 단지 기술적인 고장에 관한 말만이 오갔다. 따분함을 못 이긴 나는 책을 뒤적이기 시작했다. 일련의 전문 서적과 지침

서가 구비된 빈약한 선상 도서관에서 검은 장정의 책 한 권
이 손에 잡혔다. 그것은 어딘가에 아직 호텔 방이 남아 있어
서 사람들이 드나들 수만 있다면 쉽게 찾아볼 수 있는 '성
서'였다. 그 책을 읽으면서 나는 이야기 전체를 징후, 즉 경
고로 인식했다. 그 경고가 지금의 나에게 도움이 되기에는
너무 늦었다.

지구와 교신을 해보려는 헛된 노력을 경주한 지 일주일이
지난 후 E는 나중에 후회했지만 납으로 봉인된 함에서 긴급
상황을 위해 작성된 명령서를 꺼내자고 제안했다. 그는 요즘
에도 그 제안으로 인해 자기 자신에 대한 판단을 내렸다고
믿고 있다. 다른 방도는 없었다는 식의 수다는 미신에 가깝
다. 오랜 시간이 지난 후에 고백했듯이 그는 터무니없는 희
망에 매달려 함을 열고 무거운 봉투를 끄집어내서 봉인을 뜯
는 나의 움직임을 주시했다. 그 안에는 마치 「요한 묵시록」
이 들어 있는 것 같았다. "보라, 저기에 커다란 지진이 있었
다. 태양은 털로 만든 자루처럼 검은색이었고 달은 핏빛이었
다……"

또 다른 누군가가 여섯번째 봉인을 열고 문서로 족쇄를 채
워놓은 재앙을 풀어주었었다. 우연히 죽음의 파도에서 비켜
난 우리는 열기가 후끈한 선실에 서서 땀으로 뒤범벅이 된
채 신경을 곤두세우고 한 쌍의 두루마리 문서에서 기적을 기
대했다. 그 대신에 들어 있는 명령서의 서문은 엄숙한 진혼

제에 대한 우리들의 기대와 전혀 부합하지 않았다. '우주선의 송·수신기가 기능을 제대로 발휘함에도 불구하고 교신이 48시간 이상 끊길 경우에는 심각한 상황을 염두에 두어야 한다. 이러한 상황에서 두 우주 비행사는 다음과 같은 과제들을 수행한다. 첫째, 우주선을 궤도에서 이탈시켜 시리우스 방향으로 전진시킨다. 시리우스 근처의 혹성들 중에는 지구와 비슷한 삶의 조건을 지닌 혹성이 존재할 가능성이 가장 높기 때문이다. 둘째, 그곳에 도달하기까지의 여행은 수십 년이 걸릴 터이므로 우주선의 인간 생명체는 무조건 재생산되어야 한다.' 그래, 그것은 깡통 따개의 사용 설명서와 같은 어조였다. 그 때문에 E가 화가 나서 물었다.

"도대체 이게 무슨 말이에요?! 우리 두 사람이 남자라는 사실을 그들도 알잖아요! 우리가 어떻게 우리를 '재생산' 한단 말입니까?"

텍스트에는 우주 비행사 중 한 사람이 종족의 보존이라는 불가피성을 통찰하고 성전환 수술을 받아야 하며 인류의 존속을 위해서는 이러한 사소한 희생이 요구된다고 적혀 있었다. 그 내용은 오히려 간단 명료한 명령이었다.

"나는 피를 보지 못해요!" E가 설명했다. "그리고 내 몸에서 아무것도 잘라내지 못하게 할 겁니다. 인류는 기껏해야 사멸을 얻었을 뿐이에요. 그 역사를 후기(後記)로 장식하고 싶은 생각은 전혀 없습니다."

내 입은 우리의 처지와 빈틈없이 일치하는 인용문을 내뱉으려는 듯이 부풀어올랐다. '첫번째 하늘과 첫번째 땅은 사라졌다. 바다도 더 이상 없다. 보라, 내가 모든 것을 새로이 창조하겠다! 극복하는 자는 모든 것을 상속받을 것이다. 나는 신이 될 것이다.' 그러나 나는 E가 경악하여 나를 불신하지 않도록 이것을 발설하지는 않았다. 하지만 나는 그에게 노아를 상기시켜주었으며 그의 거부에도 불구하고 노아의 방주에 해당하는 부분을 보여주려고 했다. 그 부분은 우리의 운명이 순환한다는 것을 글로 보여주는 증거였다.

나는 소리 높여 말했다. "처음과 끝은 항상 맞닿아 있어. 우리는 그것을 거역해서는 안 되는 거야!"

그는 그럼에도 불구하고 극도로 반항하는 몸짓과 함께 똑같은 말을 계속 반복했다. "내 몸에서 그것을 잘라내지 못하게 할 겁니다." 그는 자신의 생물학적 정체성을 보존할 가능성이 훨씬 적다는 것을 미리 예감하고 있는 듯했다. 그리고 나 자신은 그대로 두려는 나의 결심을 눈치챈 듯했다. 텍스트의 맨 마지막 각주는 캡슐의 격리된 외벽 안에 있는 또 다른 함에 대해 주의를 환기시켰다. 이것을 가리고 있는 벽면은 드라이버를 이용하여 쉽게 떼어낼 수 있었다. 거기에는 외과 수술 도구 일체, 마취제, 소독제, 천공 기구, 복부 절개 기구, 치료의 2단계로서 주사로 주입할 일련의 호르몬 제재 등이 숨겨져 있었다. 조립해야 할 여성 성기의 안팎을 이루

는 각 부분들은 투명한 무균 포장 속에 담겨 있었다. 이 광경
에 E는 이례적인 불안에 사로잡혔다. 이전에 한 번도 보지
못한 근심 어린 주름이 그의 이마에 물결쳤다. 때때로 나는
그를 소스라치게 놀라게 만들었다. 그는 생각에 잠겨 두 눈
을 감고 오른손으로 허리띠 아래의 바지를 더듬어본 다음에
야 안도의 한숨을 내쉬었다. 나는 영리하게도 명령서를 읽어
줄 때 마취제에 관한 문장을 일부러 빼먹었었다. 아무것도
모르면서 우유부단한 성격의 그는 자신이 한 번 더 지시 내
용을 점검하는 것이 필요하다고 여기지 않았다. 경솔한 신뢰
는 바로 우리들 사이의 모든 것을 미리 결정케 만든 그의 핸
디캡이었다. 그는 이것을 당시에는 아직 예감하지 못했다.

E는 아무것도 눈치채지 못한 채 종이컵에 담긴 커피를 반
쯤 비웠을 때 자리에서 쓰러졌다. 축 늘어진 상태로 인해 무
거워진 그의 몸을 미리 치워놓은 책상 위에 올려놓는 데 힘
이 들었다. 옷을 벗기는 일 또한 힘겨웠다. 사용 설명서에 따
라 나는 마취 마스크를 그의 얼굴에 조여매고 지정된 표시에
이를 때까지 밸브를 돌렸다. 그 다음에 나는 서둘러 기구들
을 준비했다. 손잡이에는 축축해진 내 손바닥 자국들이 남았
다. 나는 신경 안정제 한 알을 삼켜야만 했다. 내가 실패하면
동료, 아내, 가족, 인류 등 모든 것이 수포로 돌아갈 판이었
다. 원주 형태의 절개 수술을 감행하기 이전에 나는 해부학
적 직립 평면도를 접착제로 벽에 붙여놓았다. 그럼으로써 마

취 상태의 원판에서 몸을 일으키자마자 남성에서 여성으로 바뀌는 하복부의 내부를 복사한 그림이 눈에 들어오도록 했다. 젊은 시절의 내가 재능 있는 주형 제작자였던 점이 얼마나 행운이었던가! 하지만 곧 알아차렸듯이 한자 동맹 도시 상인이 발주한 대형 선박의 건조와 복부의 재구성 사이에는 신경을 소모시키는 차이점이 존재했다. 특히 수뇨관의 이전은 나에게 절망을 안겨줄 정도로 처리하기 곤란한 문제로 밝혀졌다. 나 자신의 몸은 땀으로 인해 김을 내뿜었다. 백정의 작업을 하기 이전에 웅크리고 앉아 있던 나는 벌써 이 피에 굶주린 세부 사항들로 인해 앞으로 몇 날 밤 동안 잠을 이루지 못하리라고 확신했다. 그리고 침묵의 기도 대신에 만약에 내 환자가 죽더라도 아무도 나에게 책임 추궁을 하지 못하리라는 숙명론이 나의 마음을 가득 채웠다. 창백한 피부 살을 내 작품 위에 덮기 전에 나는 생각에 잠겨 동작을 멈췄다. 그가 의식을 차리지 못하는 편이 더 낫지 않을까? 박애주의적인 자극이 아니라 단지 번복할 수 없는 고독에 대한 불안이 작업을 계속하도록 만들었다. 마지막 부위를 꿰맨 다음에 나는 심지어 일을 끝마쳤다는 것에 대해 긍지를 느꼈다.

E가 깨어나던 때의 기억이 지금도 생생하다. 아직 마취의 영향이 남아 있는 상태에서 그는 두 눈을 약간 뜨고 침대 시트 쪽을 향해 눈을 끔벅였다. 그 밑에는 아무런 위장을 하지 않은 공급관들이 평행으로 뻗어나가다가 가끔 꺾이거나 구

부러진 모습을 하고 있었다. 그는 곧 어디론가로, 아마도 가까운 동시에 발을 내디딜 수 없는 우주 공간인 바깥으로 사라지려고 했다. 뛰쳐나가려고 몇 번 시도한 다음에야 마취에서 깨어난 그는 말을 되찾고 기침을 하면서 쉰 목소리로 무슨 일이 일어났느냐고 물었다.

"당신은 이제 나의 사랑하는 아내야." 나는 가능한 한 부드럽게 대답하며 그의 이마를 닦아주었다. 하지만 그는 "젠장!"이라는 말만 내뱉고는 등을 돌렸다. 그러나 그는 놀랄 정도로 빠르게 자신의 변신에 익숙해져갔다. 그의 본질이 어떻게 변했는지, 그가 자신에게는 낯설고 불확실한 기억에 지나지 않는 역할에 어떻게 빠져들어갔는지, 혹은 나중에 밝혀졌듯이 여성에 대한 잘못된 상상에 어떻게 적응하게 되었는지를 나는 놀라움과 충격 속에서 기록했다. 왜냐하면 그는 몇 시간 동안이나 빛을 반사하는 계기반의 유리 앞에 죽치고 앉아서 수염을 빗었다. 그 수염은 나의 기대와는 어긋나게, 그리고 호르몬 주사에도 불구하고 점점 더 강력하게 뻗어나왔다. 그는 나의 부단한 간청에도 아랑곳하지 않고 수염에서 벗어나고 싶어하지 않았다.

"당신은 매력적인 여자야." 나는 그에게 아첨의 말을 했다. "어째서 당신의 우아함을 숨기려고 하는 거야?" 이 말은 내 입술을 능숙하게 통과하리라고는 생각한 적이 거의 없었던 어휘였다. "당신의 아이들이 턱수염이 무성한 엄마에 대

66

해서 뭐라고 하겠어?"

남성적인 잔재 때문에 그녀의 이름으로 삼았던 이브는 아이들에게는 비교의 대상이 없기 때문에 그러한 엄마가 완전히 자연스럽다는 식으로 나를 설득하려 들었다. 하지만 그녀는 만약에 자신이 개인적으로 내 마음에 들지 않으면 책상과 침대를 따로 쓰자고 제안했다. 이것은 그녀가 자주 반복하는 협박들 중의 하나였다. 이미 그녀는 자신의 우월한 위치를 인식하고는 이용해 먹었다. 그녀는 나에게 가식과 위선을 강요했다. 그녀의 외모를 칭찬하고 감동을 표현하는 것이 나의 매일의 의무였다. 이에 대한 나의 내면적인 거부감을 그녀는 알고 있었다. 그렇기 때문에 그녀에게는 내가 그녀 수염의 부드러움과 타고난 곱슬거림을 칭찬하는 것이 더욱 중요했다. 이 두 가지는 결코 서로 일치하지 않았다. 수염은 가까이 다가갈 때마다 엄청나게 방해했다. 그것은 꺼칠꺼칠하고 헝클어진 직물 같아서 도무지 입을 찾을 수가 없었다.

회복 과정이 끝나고 절개한 자리가 완전히 아문 다음에 나는 이브에게 명령을 이행할 것을 촉구했다. 이와는 반대로 그녀는 시기가 너무 이르다고 여겼다. 부모가 될 만큼 우리는 아직 충분히 성숙하지 못했다는 이유에서였다.

나는 항의했다. "내가 당신을 창조하여 여자로 만들기 이전에 당신에게 한 말을 기억해봐! 우리는 세상을 새로 만드는 거야! 우리는 새로운 종족의 시조란 말이야! 예전의 사악

한 오류들을 두 번 다시 반복하지 않을 거야. 우리들의 아이들이 카인과 아벨이 되어서는 안 될 뿐만 아니라 이러한 이름과 성격적으로 일치되어서도 안 돼!"

그럼에도 불구하고 우리들에게는 무엇인가가 맞아떨어지지 않았다. 그녀가 초기의 망설임을 극복한 다음에도 마찬가지였다. 자식 복은 여전히 없었다. 다달이 임신의 징후를 발견하기를 바랐지만 이브의 몸매는 평소의 모습에서 조금도 달라지지 않았다. 그녀는 알루미늄 비닐로 만든 미니스커트를 몸에 착 달라붙게 입고서는 가끔 어색하게 엉덩이를 흔들며 조종 장치들 사이의 비좁은 통로를 왔다갔다했다. 그때마다 바스락거리는 소리와 함께 발을 구르는 소리가 났으며 빛이 반사되어 번쩍거렸다. 심지어는 상체에 옷을 걸치지 않는 경우도 있었다. 이러한 시범을 보일 때 그녀는 자신이 위대한 바빌로니아인이라는 설명을 덧붙였다. 그녀는 이미 나와 독서를 함께하고 있었기 때문이다.

"이것이 바로 암흑입니다"라며 그녀가 어느 날 조용한 목소리로 한탄했다. 우리는 묵직한 침묵에 둘러싸인 채 침대에 누워 있었다. 우리들의 숨소리 이외에는 그 어떤 소음도 완전한 무감각의 느낌을 방해하지 않았다. "이것은 암흑입니다, 사령관님. 암흑이 선실 안으로 스며들고 있단 말입니다. 어딘가에 틈새가 있음이 분명해요⋯⋯" 내가 그녀를 위로한 뒤였다.

"아무것도 아니었습니다. 그것이 명확하게 느껴지는걸요. 당신은 아무런 죄도 없습니다, 사령관님. 당신은 다만 명령을 이행했을 뿐이에요. 그러나 플라스틱 내부에는 명령을 내릴 수가 없지요. 그런 의미에서 그것은 우리 두 사람보다 더 인간적입니다……"

일부러 명랑한 척하며 나는 그녀의 우울함을 씻어주려고 노력했다. 하지만 나 자신에게는 이식 조직에 대한 최초의 혐오감이 문제된다는 것을 너무나 잘 알게 되었다. 생명의 물결이 도달한 곳은 이미 모든 것이 사멸된 상태에 있었다. 나의 심사숙고, 혹은 몇 년 전부터 복용한 수면제의 부작용으로 인해 제2의 자아가 이따금씩 내 자신으로부터 분열되는 현상이 일어났다. 점점 더 자주 나는 캡슐 속의 이브와 내가 서로 포개어져서 기어다니는 환영을 보았다. 그것은 기어다니는 해충의 모습이었다. 그러나 나는 마치 우주선 바깥의 몇 광년이나 떨어진 공간에서 바라보는 듯한 시각에서 우리들을 관찰했다. 내적으로는 관여하지 않으면서 나는 마치 과학자가 실험 실시 조건을 관찰하듯이 진행 상황을 관찰했다. 단지 나에게 한 번도 명확하지 않았던 것은 이러한 실험이 본질적으로 어떤 목표를 추구하느냐였다. 내 자신의 의도는 나에게, 혹은 무한성을 충족시킨 나의 일부에게 풀리지 않는 수수께끼처럼 숨겨져 있었다. 그것이 하나의 실험에 속한다면 무엇인가가 증명되거나 배척당해야만 했다. 그러나 애써 깊이 생각했음에도 불구하고 나는 중요한 것이 무엇인지를 알아낼 수 없었다. 별자리 지도를 홀로 감시하며 저녁에 할당되는 물은 아직 건드리지 않은 채 다섯 시간의 부재를 위한 알약을 먹을 준비를 하면서 나는 어떻게 이러한 무식함을 시정할 수 있을지 자문해보았지만 만족할 만한 대답은 한 번도 얻지 못했다.

내 침대로 올라가 몸을 안전벨트로 조여 고정하기 이전에 나는 항상 이브의 침대 앞에 잠시 머물며 잠자는 그녀의 모습에서 그 동안 저속도 촬영기가 다 돌아간 듯한 노쇠함을 관찰했다.

냉각용으로 너무 많은 에너지를 사용했기 때문에 우리는 열기를 감수했으며 아무것도 덮지 않고 잠을 잤다. 나는 그녀에게 매번 무언의 목소리로 친밀하게 말을 걸었다. 아, 당신은 심지어 깨어 있을 때보다 더 사랑스럽구려. 아, 수많은 주름살과 듬성듬성한 머리카락, 그리고 변변치 못한 얼굴을 지닌 당신이여! 당신의 잠을 보호해줄 것은 더 이상 아무것도 없소. 당신의 꿈은 쓸쓸하오. 당신은 매일 아침 거짓을 꾸며 이야기할 것이 없을 경우 그 꿈을 나에게 이야기하였소. 손을 대기 이전에 당신은 나와 같았다기보다는 덜 낯설었으며 알지 못하는 정도도 덜하였소. 남자와 여자의 소명에 대한 믿음에서 나는 옛날의 위선적이고 예언적인 책이 나에게 속삭였던 충고에 따라 당신을 나와 정반대의 존재로 만들었소. 당신 스스로 그 구절을 읽었소. 그럼에도 불구하고 나는 전혀 더 완벽해지지 않았소. 우리 두 사람에게 무엇인가가 잘못되었소.

나는 땀이 흐르는 피부와의 접촉을 피했다. 그러한 접촉은 나의 연민을 다시 무너뜨릴지도 몰랐다. 평소처럼 수면제 또한 벌써 효과를 발휘해서 독백을 일찍 끝내는 바람에 나는 한 번도 내 말의 결론, 즉 우리들의 관계를 개괄하는 단계에 이르지 못했다. 내가 잠에 취해 쿠션 위에 쓰러졌기 때문이다. 잘 자게, 내 사랑이여, 잘 자게……

바라던 아이

처음에 그들은 행복했다. 부모가 된다는 것, 그것은 얼마나 기분 좋은 일인가! 잠들기 전의 두서 없는 대화는 어느새 몇 시간을 잡아먹었으며 먼 모레를 현재로 만들었다. 불을 끄고 나서도 몇 분이 지나면 방구석의 윤곽이 뚜렷해지면서 밝기가 다른 마름모꼴, 직사각형, 반원 등이 서로 맞닿거나 중첩되었다. 서로 대화를 하는 동안 남편과 아내는 길 건너편의 가로등과 상점의 네온사인이 우연히 만들어낸 기하학적 형상 구조에 정신이 팔렸다. 그들의 머리맡 위에 만들어진 예술 비슷한 넓적한 형상은 자줏빛 색조를 띠고 있었다. 이전의 수많은 밤과 마찬가지로 한 사람이 조용히 "당신, 벌써 자요?"라고 물으면 상대방으로부터 "아니, 당신은?"이라는 무의미한 대답이 들려왔다.

그들은 부드러운 빛깔의 어스름 속에 나란히 누워 있었다. 그 어스름은 장롱과 화장대 같은 침실 가구, 두 개의 침실용 탁자, 의자, 복제 미술품, 멀리 떨어진 곳의 의복 등의 익숙한 면모를 앗아가고 그것들을 낯선 종류의 인테리어로 변화시켰다. 동화 속의 광채가 각각의 물건을 거쳐 아침까지 퍼져나갔다. 아마도 이러한 독특한 조명이 그들에게 공상의 욕구를 부추겼다. 아이가 단조로운 차궁에서 빠져나오자마자 어떤 일이 벌어질까? 사내아이일까, 계집아이일까? 그들은 여러 가지 이름도 준비해두었다. 그것으로 인해 다투기도 했지만 그 다툼은 심각한 의견 충돌이라기보다는 전통적인 의무에 관한 문제였다. 이름은 결국 덧없는 꿈이다. "오, 아니야. 이름은 예언이야Nomen est omen, 미래의 존경하는 어머님! 라틴어에서 눈치챌 수 있듯이 이 잠언은 역사적인 경험을 강조하고 있지. 이름은 아침 식사를 하라고 누군가를 부를 때 쓰이는 것 이상의 의미와 결부되어 있거든. 나를 믿어도 좋아!" 훨씬 덜 심각한 태도로 그들은 직업의 선택과 관련하여 이런저런 상상을 해보았다. 기쁜 마음을 억누른 채 즉흥적으로 여러 가지 제안을 주고받았다. "기자? 아니야, 안 되고말고. 기자는 활동 반경이 넓지 못해. 스포츠 선수 정도면 괜찮지. 그러면 사방으로 돌아다니고 유명해질 수도 있을 거야." "영화 배우는 왜 안 되죠?! 영화 배우는 항상 늙은 부모의 마음에 들 거예요. 아이의 장래를 계획할 때에는 우리 자신에 대해서도 생각해야 돼요……" "우리는 아무튼 항상 우리에 대해서 생각하는 거라고. 내가 당신에 대해서 생각하듯이 당신도 나에 대해서 생각하기를 바래."

감기려는 눈꺼풀을 겨우 밀어올릴 정도로 이미 졸음이 몰려오는 상태에서 대화는 자신들이 한때 갖고 싶었던 직업에 대한 기억과 함께 끝났다. "단지 비행장이 근처에 있다는 이유로 비행사가 되고 싶었지. 하지만 비행기가 뜰 때마다 무서웠어." "나는 물론 미용사가 꿈이었어요. 미용실에서는 언제나 매혹적이고 어른스러운 냄새가 풍겨나왔어요. 나는 매번 발걸음을 멈추었고 등을 떼밀려서야 그곳을 떠날 수 있었어요……" 각자는 상대방이 모르게 미소를 지었다. 그러다가 잠이 들면서 얼굴의 모든 표정이 없어졌다. 주위가 조용해졌다. 가끔 기억이 몽롱한 꿈속에서 탄식하듯이 숨을 내쉬거나 신음 소리를 냈다.

처음에 그들은 이론의 여지가 없지는 않았지만 헬레네로 부르기로 한 어린 딸이 자신들의 침실에 모습을 드러냈을 때 이루 헤아릴 수 없을 정도로 행복했다. 예를 들어 아이 아버지는 자신의 긍지가 우스꽝스럽다는 것을 알고는 있었지만 한 인간을 만들었다는 생각에서 벗어날 수 없었다. 신만이 그와 똑같은 일을 할 능력을 지니고 있었다. 그런 이유로 그는 정신적으로 고양되는 행복을 느꼈다. 하얀 수염의 그 늙은 남자도 7일 동안 세상을 창조하면서 이와 비슷한 감정을 느꼈을까? 그 노인의 작품이 실패로 끝난 사실은 처음의 환희가 지나간 후 특히 그를 고통스럽게 했음에 틀림없었다. 이러한 기발한 착상들은 아이러니를 통해 자기 자신의 고양

된 감정을 진정시키는 데 기여했을 뿐이었다. 그러나 이름이 하필 헬레네일 게 뭐람? 누구나 그 이름에서 '신성한 여자'를 상상하리라는 점은 제외하고라도 아이가 이 나라에서 제일 아름답게 보이지 않을 경우 헬레네가 가리키는 바는 훨씬 더 고민스러웠다.

사무실에서 퇴근하여 집에 들어서기가 무섭게 아버지는 자신의 산물을 늘 새로운 경탄의 시선으로 바라보았다. 아이는 단순히 골상학상의 유사성 이상의 것을 내포하는 동질적인 분자 구조를 지닌 자신의 세포에서 유래했다고 말할 수 있었다. 따라서 음악적 기질, 수학에 대한 관심, 알레르기, 시력, 감수성, 사고력 등도 같을 것이었다. 이것은 운명이 유전학적 성향의 지배를 받는 한에 있어서 운명의 유전이었다. 바로 그 경우이지만 귀여운 소녀가 밉살스러운 소녀보다 인생을 점점 더 쉽게 살아간다. 그것이 생물학적으로 규명 가능한 사실이 아니라도 말이다. 헬레네, 헬레나! 어째서 할머니의 수호 성인은 카를라와 같은 소박한 이름을 갖지 못했을까?

처음에는 행복했다. 기쁨이 이어지는 나날들이었다. 특이한 종류의 4차원 한가운데에 새로운 피조물이 마치 중력의 중심처럼 놓여 있었고 그들 두 사람은 거기로 한없이 빨려들어감을 느꼈다. 어떤 일이 일어나기 전까지만 해도 그랬다. 그 일은 나중에 더 이상 구체적으로 확인할 수 없는 것임에 분명했다. 어쨌든 그것의 본성이 아이의 본성과 충돌했으며 더 약한 쪽이 패배했다. 아마도 감염에 의한 가벼운 질병이 고열, 설사, 한 번의 구토 등으로 나타났다. 하지만 실제로 걱정해야 할 원인을 찾기도 전에 증상들은 벌써 다시 사라졌다. 헬레네가 너무 얌전한 인상을 준다는 점이 아버지 눈에 띈 것은 한참이 지난 뒤였다. 친밀감에서 레네로 불리는 딸은 더 자주 몸을 움직이거나 뒹굴고 뻗대야 하는 것은 아닐까? 밤에 빽빽 소리를 지르며 시끄럽게 울어대던 적이 언제였더라? 시선이 천장을 향한 동공 역시 아버지의 눈과 마주쳐도 거의 움직이지 않고 고정되어 있었다. 그 시선은 아버지를 관통해 지나가거나 전혀 알아보지 못했다. 그것은 아버지를 공기와 같은 존재로 만들어버리는 비인간적인 시선 같았다.

저녁 식사를 하면서 부부는 '질병'이라고 부르기에는 적절치 않은 건강상의 증상에 대해 의논했다. 그것이 질병이었다면 벌써 의사를 찾아갔을 것이다. 두 사람이 상의한 결과 그 다음날 일찍 이 일을 의료진에게 맡기기로 결정했다. 하지만 진찰을 하는 동안 레네의 어머니는 진단 의사가 불안하게 더듬는 듯한 커다란 두 손으로 눈에 띌 정도로 오래 어린 몸을 꽉 잡고 있는 것을 발견했다. 그녀는 히포크라테스의 절망과 같은 회의적인 인상을 받았다. 흰 가운을 걸친 의사는 조용한 아이 위로 몸을 굽히더니 귀를 갖다 대거나 쓰다

듣고 만져보았으며 드물게는 머리를 들어올리기도 했다. 그녀가 더욱더 심해지는 불안감으로 차마 마주 쳐다보지 못한 의사의 시선은 다시 말이 없는 조그마한 환자에게로 향했다. 그녀는 자신이 소유한 가장 사랑스러운 존재를 상대로 무능한 의사가 괜히 이리저리 들쑤셔본다고 확신했다. 그만두는 편이 더 좋았다. 그녀는 의사의 설명을 흘려들었으며 신경을 마비시키는 듯한 분위기에서 명확하게 알아듣지 못한 위협적인 말을 뒤로하고 급히 병원을 빠져나왔다. 여기는 좋지 않구나, 레네야! 더 유능한 의사에게로 가자!

그것은 거의 동일한 환경에서 똑같은 과정의 반복을 의미했다. 흰 가운, 가라앉은 목소리, 똑같은 관찰 및 쓰다듬기와 만지기, 이전에 비해 더 젊다고 할 수 없는 의사의 멍한 태도 등으로 인해 마음이 울적해지기는 이전과 다를 바 없었다.

비록 더 부정적이라 할지라도 차이가 없지는 않았다. 딸을 며칠 동안 병원에 남겨두라는 것이었다. 깜짝 놀라 서투르게 던진 질문에 대해 그녀는 이해할 수 없고 아무런 내용도 없는 설명을 들어야 했다. 즉 테스트를 해봐야 하며 그것은 기계를 이용한 전문적인 진찰로서 시간을 요한다는 설명이었다. 그 다음에 그녀가 화를 내며 언성을 높이자 의사는 뇌염의 가능성을 내비쳤다. 몇몇 특징들이 그러한 의혹을 불러일으킨다고 했다. "심각한 상태인가요?" 육체적인 영역에서 일반적인 발육 부진과 불균형, 발육에 필수적인 운동 능력의 장애 등이 거론되었다. "그것을 치료할 수 있을까요, 박사님?" 그러한 경우에는 전혀 위험하지 않은 방식인 컴퓨터 단층 촬영을 이용한 진단을 통하여 뇌의 이상뿐만 아니라 손목 끝 뼈의 골핵이 생길 때의 일련의 지체와 변화를 발견하게 된다고 의사가 말했다. 그 밖에도 어쩌면 뇌전도에서 생전기 활성 장애를 발견할 수도 있다고 했다. 의사는 아이가 어떤 증후를 보인 적이 있었느냐고 물었다.

그녀는 단지 심하지 않은 열과 약간의 설사, 며칠 동안 가볍게 앓은 감기에 불과하다고 추측했었다.

모든 것은 별것 아닐지도 몰랐다. 하지만 여러 가지 사항들을 확실히해두기 위해서는 정확한 소견이 필요했다. 금언. 모든 것은 금언에 지나지 않았다. 명제들을 더 이상 사실로 생각할 수 없다는 것 자체가 벌써 가슴을 미어지게 만들었다. 부모가 아니더라도 특정한 상황에서는 의례적인 어법이 안 좋은 것을 암시하고 있다는 것을 안다. 공허한 말들은 다른 사람의 마음속에서 이미 싹트고 있는 동정을 감추고 있다. 두려움은 마음을 진정시키는 말로 포장된다. 마치 누구나 즉시 이러한 위장을 꿰뚫어볼 수는 없다는 듯이.

처음에 그들은 행복했다. 언젠가 한때는 그랬다. 그것은 병원에서 아이를 집으로 데려오기 이전의 이야기였다. 집에 돌아온 아이는 계속 말이 없고 돌처럼 굳은 상태로 침대에 누워 있기만 했다. 다만 몸은 훨씬 빨리 성장했으며, 변함없이 응시하는 푸른 심연에서는 유리알처럼 매끄러운 동공의 정신적인 활기가 빛을 발했다. 거의 눈도 깜박이지 않은 채 앞만 쳐다보는 상태가 제일 마음에 걸렸다. 그것을 더 이상 견뎌낼 수가 없었다.

그뒤에 아이는 전혀 알아들을 수 없는 소리를 내뱉기 시작했다. 나중에 아이는 겨우 '아빠'와 '엄마'로 이해 가능한 소리를 발음했다. 그러나 당사자 이외에 가까운 친척이나 아는 사람들 중에서 그 누구의 귀도 아이 부모의 수준에는 미치지 못했다. 점점 뜸해지는 손님들이 아이의 침대에 가까이 가기를 망설이는 데에는 이해심의 부족이 크게 작용했다. 아이의 부모는 그러한 부류의 사람들을 기꺼이 포기할 수 있었다.

다만 부부의 침대 위에 드리워진 확인 불가능한 수많은 그림자들의 추상성만큼은 변할 줄 몰랐다. 하지만 부모는 그 모습을 더 이상 즐기지 않았다. 잠들기 전의 빈약한 대화에서 명랑함은 사라지고 말았다. 하루 종일 기뻐할 수 있었던 그 어떤 미래의 계획이나 프로젝트도 찾아볼 수 없었다. 그들이 레네의 출생 전만큼 기뻐할 일은 다시는 없을 것이다. 명랑함의 자리에는 지금까지 알지 못하던 경계심이 들어앉았다. 이것은 말을 하지는 않았지만 말을 돌릴 필요도 없이 직접 재앙으로 불러야 할지도 모른다는 두려움이었다. 그들은 서로에게 마치 헬레네에게 전혀 이상이 없다는 것을 굳게

믿는 듯한 태도를 취했다. 그러나 그것에 대한 반증은 다섯 살 먹은 아이의 기형적인 비곗살을 잠시 바라보는 것만으로도 충분했다. 헬레네는 두 발로 서지 못했고 연체 동물처럼 거실 양탄자 위에 누워 천천히 신문을 갈가리 찢었다. 누군가가 들어오면 덩치가 큰 육체는 소스라치게 놀라 양이 우는 듯한 소리를 질렀다. 오늘은 아이가 앵무새에 대해 이상한 관심을 보였다고 레네의 어머니가 저녁에 남편에게 말했다. "아이가 새장을 가리키며 높고 가는 목소리로 노래하는 듯한 소리를 냈다고 상상해봐요!"

"그래, 아이는 배우고 있는 중이야!" 그는 늘 똑같은 말로 대답하곤 했다. "아이는 벌써 발전하여 무엇이 되려고 해. 병으로 인해 늦어진 늦둥이일 뿐이야, 늦깎이……" 두 사람의 빠듯한 담소는 마음을 짓누르고 남몰래 사용하는 개념인 '장애'가 은연중에 대화에 등장하기 전에 끝을 맺었다. 그들은 암묵적으로 자신들의 탓으로 여기는 혈육의 상태에 대해 희망 어린 이야기만 주고받았다. 몇 안 되는 방문객조차도 이러한 심각하고 우울한 유희에 끌려들어갔다. "아이가 벌써 엉터리 영어를 할 줄 알아요. 다시 발음해봐 레네! 한 번 더 말해봐……" 황당한 주장은 발음이 불명료한 소리를 배경 음악으로 깔았다. 그 소리를 인간의 언어로 들을 수 있는 사람은 부모밖에 없었다. 그들은 이상한 가정 수호신이 보내는 음향 신호의 공식적인 해석자이자 번역가였다.

"지금 아이가 당신에게 손을 내밀고 싶다고 말했어요⋯⋯" 혹은 "아이가 당신에게 자신의 그림을 보여주고 싶대요⋯⋯" 등등. 상자에 그린 한심하고 무의미한 선들은 여덟번째 생일을 갓 넘긴 베이비의 작품이다.

이 밖에도 저녁의 대화에서 생각의 변화가 이루어졌다. 더구나 이것은 일상의 통상적인 이성에서 점점 더 강력하게 벗어나는 방향으로 나아갔다. 이것은 또한 의학의 제한적인 도움에 대한 실망이 극에 달한 직후의 일이었다. 의학은 겨우 목숨을 지탱하는 생명체에 대한 산발적인 통제에 국한되었다. 헬레네 아버지의 문의에 대한 대답은 "정신 발육 부전증에 대한 예비적 건강 관리법"이었다.

그러나 의술에 대한 그의 예전의 관심은 주목할 만한 전혀 다른 관심으로 바뀌었다. 전문적인 설명과 관련한 호기심은 사라진 반면에 책에서 부수적으로 읽었듯이 안티케에서는 정신병자들에게 특별한 존경을 표했다는 사실이 그를 사로잡았다. 그들의 정신적 결함은 신성(神性)의 직접적인 발현을 의미하는 은총으로 받아들여졌다. 의학 교본의 각주에서 읽은 내용은 그에게 깊은 인상을 심어주었으며 근무 시간에조차 열중하게 만들었다. 편안한 모습의 레네를 관찰해보면 그 아이가 주변 세계에 대해 일상적인 것과는 정반대의 관계를 발전시켜나가고 있다고 말할 수 있었다. 이 밖에도 레네는 정신병을 앓은 적이 없었다. 아이는 다만 정상적인 의사

소통에 적응하지 못할 뿐이었다. 그러나 아이의 내면에서 무엇인가가 진행되고 있으며 아이가 반응하고 심지어는 표정으로 의사 표현을 하지만 우리가 인식하지 못할 뿐이라는 것은 분명했다. 물론 이것을 곧바로 '신성'한 것으로 이름붙일 수는 없었다. 지식에 목말라하던 초기에 헬레네의 아버지는 증세가 가볍지 않은 뇌염 환자의 외형상의 지능이 통계에 따르면 뚜렷이 더 높은 비율로 기준 이하에 머문다는 사실을 알게 되었다. 반면에 뇌가 손상된 225명의 아동 집단 중 9.3%만이 '저능아'였지만(4.9%는 정신 발육 부전증), 32.9%는 평균 이상의 지능을 갖고 있었다. 자, 그렇다면!

'안티케의 의술'과 같은 서적들 중에서 헬레네의 아버지는 의술보다는 안티케에 중점을 둔 저서에 관심을 기울였다. 거기에서 읽은 바에 의하면 미친 사람의 불명확한 더듬거림은 겉보기에만 불명확한 것으로 입증되었다. 사원이나 신전에 종사하는 인물에게는 이 모든 것이 완전히 이해 가능한 말로 들렸다. 그러기 위해서는 노력을 기울이며 정확하게 들을 뿐만 아니라, 결코 포기하지 말고 그것을 심각하게 여겨야 했다. 어쨌든 그는 그것을 심각하게 여겼다. 그는 마치 딸이 자기에게 중요한 것을 전하려고 말없이 노력하며 그 전갈을 수신자에게 접수시키기 위해 마음대로 조절이 되지 않는 혀로 헛된 투쟁을 벌이는 듯한 생각이 자주 들었다. 그는 무엇에 홀린 눈으로 구멍처럼 둥근 입 안을 들여다보았다. 입

안에서는 저항하는 듯한 기관이 무겁게 움직이고 도처에 부딪히며 침이 밖으로 흘러나왔다. 이때 얼굴은 시뻘개졌다. "그래, 나에게 말해, 레네야. 발음을 해봐. 말을 해보렴. 걱정하지 말거라!"

해가 지나면서 그에게 아이는 더 이상 늘 새로워지는 세포들의 쓸모 없는 집합체나 실패한 창조 계획, 혹은 신비적인 이름에 대한 모욕적인 항변이 아니었다. 왜냐하면 자신이 생각을 금지시킨 어떤 것이 저절로 생각났기 때문이었다. 심사숙고에 빠진 나날들이 이어졌다. 아버지가 된 초기의 생각들은 그에게 점점 더 이해가 가지 않았다. 그는 한번은 아이의 죽음을 생각해본 적이 있었고 존재와 비존재를 저울질했으며 후자를 위한 중요한 논거들을 발견했었다. 그 논거들 중에서 아마도 벌써 잊어버린 '한때'의 명랑함을 원상 복구하는 것이 가장 중요했다. 하지만 이제 그는 더 좋은 것을 배웠다는 느낌이 들었다. 그는 아이에게 많은 주의를 기울였다. 창문의 널빤지 위의 해바라기 씨에 이끌린 참새를 보면서 아이는 '나는 날고 싶어' 혹은 '나는 날 수 있어'라고 중얼거린 것은 아니었을까? 아침에 태양이 아이의 방을 비추자마자 벽지 위의 밝고 따뜻한 반점들을 불안한 시선으로 더듬으면서 아이는 골골거리는 목소리로 '이것들은 침대 위의 나에게로 와야 해!' 혹은 '태양이 침대 위의 나에게 다가오고 있어!'라고 명령한 것은 아니었을까?

나중에 아이의 몸집이 더 커졌을 때 아버지는 훈련받은 감정 이입 능력으로 아이가 앵무새, 참새, 태양, 숟가락, 접시, 술잔 등 주변의 모든 대상과 이야기를 나누고 동시에 존재의 특이성으로 인하여 주목할 만한 사건들을 알려준다고 주장할 수 있었다. 가령 '오늘 밤 커다란 개'라는 의미의 말은 무엇을 의미하는 것일까? 가위눌림 혹은 평화스러운 잠꼬대가 레네의 아버지에 의해 암호가 풀린 확언으로 발전했는지는 확실치 않다. 그리고 레네가 꿈속에서 정상적인 아이와 마찬가지로 체험하는지 혹은 현실 속에 있는지도 수수께끼다.

"오늘 밤 춤춘다!"는 횡설수설에서 정확히 걸러낼 경우 우연히 엿들은 텔레비전 방송에 나오는 심사 발표일 수도 있었다("표준 무곡 분야의 유럽 선수권 대회……"). 이것은 그러나 마찬가지로 레네의 뇌 조직 속에서 자신의 움직이지 않는 육체가 참석한 가운데 활기차고 경쾌한 공연과 발레와 같은 대단한 모임들이 개최된다는 것을 암시할 수도 있었다. 레네의 어머니가 "아이의 환상이 평균 이상으로 발전했어요"라고 말하자 레네의 아버지는 "그래, 아이는 지금 배우고 있는 중이야"라는 특유의 간단한 말로 동의했다. 그는 하지만 이번에는 "자연은 모든 육체적인 손실에 대해 보완책을 마련해 놓고 있어"라며 말을 계속했다. 그의 말에 따르면 예를 들어 자연은 맹인들에게는 청각을, 귀머거리들에게는 시각을 대단히 날카롭게 만들어줌으로써 귀머거리들은 대화 상대자가 자신의 생각을 표현하기도 전에 몸짓에서 그것을 읽어낼 수 있다. 자연은 그 어떤 빈자리도 허용치 않으며 모든 결함을 보상한다. 그는 "레네가 자신의 육체적인 서툶을 보완하는 생생한 환상을 소유하고 있다는 것은 당연한 일이야. 외적인 운동성의 마이너스가 내적인 플러스를 만들어낸 거야, 그렇지 않아?!"라고 말했다.

이것에 대한 그들의 의견은 똑같았다.

전등의 스위치를 끈 다음에 레네의 아버지는 다음과 같이 고백했다. "나는 심지어 우리 아이의 환상이 다른 사람의 환상보다 뛰어나고 믿어. 일상에 의해 둔감해진 우리들에게는 숨겨져 있는 사물들을 아이가 느끼고 있다는 생각이 자주 들거든. 모든 비물질적인 현상들이 얼마나 서로 대립적인지는 당신도 알 테지. 그런데 러시아인들이 초심리학에 다시 관심을 갖기 시작했어. 지금 갑자기 여섯번째 감각이니 독심술 등등을 거론하면서 말이야. 레네가 일요일에 집짓기 블록을 가지고 놀고 있을 때 밖에서는 이웃집 개가 울타리를 따라 달려가고 있었어. 그때 레네가 갑자기 '멍멍이, 멍멍이!'라고 하는 거야. 개를 보지 않고서도 아이는 바깥에 개가 달려가고 있다는 것을 정확히 알았던 거지. 아이가 조금만 더 명확하게 발음할 수만 있다면 우리는 경이로운 것을 경험하게 될 텐데. 경이로운 것을 말이야!"

그러나 그는 자신이 언급한 경이로운 것에 구체적인 관심을 보일 엄두가 나지 않았거나 애착을 갖지 않았다. 그것은 밤의 침실의 어둠 속에서 어떤 불확실한 몸짓에 깃들여 있었다. 그 자신이 '경이로운 것'에 대해 매우 모호한 상상을 했고 그러한 빈약한 착상을 설명하기가 부끄러웠는지도 몰랐다. 피곤이 몰려오면서 그의 몸 위에 그림자와 빛으로 이루어진 형상이 희미해졌다. 레네는 연기가 피어오르는 균열진 땅 위의 어둠침침한 동굴 안에 쭈그리고 앉아 중얼중얼 혼잣말을 하고 있었다. 어렴풋이 깨어나기 시작한 그의 의식은 무의미한 그 지껄임이 극도로 중요한 내용을 발표하고 있다는 것을 확신했다. 레네가 미래를 안다는 것은 그에게 논리적으로 보였다. 그 때문에 그녀는 침묵을 선사받았다. 그녀가 그 누구도 계몽할 수 없도록. 그 누구도 무엇인가를 알 수 없도록. 그것은 의심의 여지가 없었다. 그는 레네가 자신의 집에 거주한다는 사실에 대해 안온한 만족을 느꼈다. 그것이 평온함과 안정감으로 그를 충만시켰다. 이것은 비밀이었으며 영원히 비밀로 남을 것이다. 그는 그 어떤 것도 발설하지 않을 것이기 때문이다. 사람들이 그러한 것을 어떻게 받아들일지 누가 알겠는가. 그 때문에 레네가 자신의 지식을 혼자만 품고 있어야 했듯이 그도 자신의 지식을 혼자만 품고 있는 편이 더 나았다. 그러한 비밀 엄수 의무가 소수의 사람들에게만 부여된 영예는 아니었을까? 그는 자신이 지금까지 어떤 착각에 사로잡혀 있었기 때문에 자신의 숙명과 다투기만 했다는 것을 깨달았다.

　다행스럽게도 그것은 마침내 해명이 되었다. 그가 이제 마음놓고 말할 수 있듯이 그것은 그의 개인적인 행운이었다.

잘못 들어선 길에서

단지 하이킹 복장이 격에 어울리게 보인 까닭에 자신들을 향한 다른 손님들의 기분 좋은 시선을 뒤로하고 호텔을 떠나자마자 그들은 길을 잃고 헤맸다. 두 남자는 각각 빨간색과 스코틀랜드식의 무늬가 그려진 긴 양말을 신고 반바지에 모직 웃옷을 입고 있었다. 그들은 또한 장식줄 끝이 차양에 드리워진 회색 등산모를 쓰고 있었다. 그들의 부인들은 넓게 주름이 잡힌 스커트와 성기게 짠 재킷을 입고 홈이 파인 구두창에 옆으로 붉은 끈을 맨 튼튼한 신발을 신고 있었다. 그 모습은 통신 판매 회사의 선전 모델 같았다. 네 사람 중 그 누구도 의상에 신경 쓰지는 않았다. 그들은 테라스를 건너 계단을 내려와 초원을 지나 포근히 받아들이는 숲가에 이를 때까지 뭇사람들의 시선을 감수했다. 그러나 그때까지 그들은 옷을 뚫고 들어와 피부를 건드리는 어떤 실체가 몸에 불쾌하게 닿는 것과 같은 야유적인 응시를 몸으로 느꼈다. 하지만 도중에 그들은 자신들의 복장을 보고 놀라워할

지도 모르는 그 누구도 더 이상 만나지 못했다. 생사의 갈림 길에서 투쟁을 벌이는 나무들도 곤충이나 새, 혹은 눈에 보이지는 않지만 바스락거리며 그들의 도보 여행을 따라나선 작은 짐승과 마찬가지로 그들에 대해 별로 관심을 갖지 않았다.

두 시간 후 그들은 길이 점점 좁아지고 있음을 알아차렸다. 그들이 찾아가려는 다음 장소인 '바덴펠트'는 현재의 지점에 위치하고 있어야 정상이었다. 빨간 양말을 신은 남자인 슐츠가 좌우 숲과 함께 도보 여행용 지도를 살펴보더니 어깨를 으쓱했다. 바덴펠트는 오리무중이었다. 아마도 산림청이 새로운 산책길을 낸 모양이었다. 이대로 가면 결국에는 어딘가에 도착하게 마련이었다. 다음 마을에서 올바른 방향을 물어볼 수 있을 터였다. 그러나 그들은 점점 더 길에서 벗어났다. 예상과는 달리 양쪽에는 잡초가 무성했으며 이미 오솔길에 지나지 않다가 마침내 잡목들 사이의 숲속길로 변한 부분을 뒤덮었다. 슐츠 뒤에서 중얼거리던 항의의 목소리가 더 크고 힘차게 울렸다. 슐츠는 자신의 당혹감을 스스로 삭이기 위해 아무 말도 못 들은 척하며 계속 걸어갔다. 그는 어제 저녁에 자신의 '확실한 위치 감각'을 자랑하지 말았어야 했다. 하이킹 복장 또한 자신감을 키우는 바람에 양말과 모자만으로도 스스로를 타고난 개척자로 여기게 만들었다. 문명에서 멀어지면 배가 고프고 목이 마를 거야! 슐츠는 뒤에 있는 친

구의 목소리를 들었다. 건배, 슐츠! 몸을 돌린 그는 친구가
어떤 병의 마개를 따는 것을 보았다. 그 친구는 그것을 어디
에 숨겨놓았던 것일까. 슐츠는 그의 주머니가 불룩 튀어나온
것을 눈치챘어야만 했다. 그는 바덴펠트 이외에도 그것마저
눈에서 놓쳤다는 생각에 두번째로 화가 났다. 그 병이 차례
로 건네졌다. 오, 그것은 독했다. 적어도 90도는 되었다. 그
러나 그 후로 모두들 마음이 편해지고 긴장이 풀린 상태에서
계속 전진했다. 몇백 미터 더 나아갔을 때 슐츠가 손을 들고
멈추라는 신호를 보냈다. 그는 나무들 사이로 집 비슷한 물
체가 깜박이는 것을 보았다고 했다. 필경 바덴펠트였다. 마
침내 도착했구나!

갑자기 말이 많아지면서 마을 식당에서 주문할 음식을 상
상 속에서 미리 즐기며 그들은 발걸음을 재촉했지만 그들이
도착한 곳은 빈터에 지나지 않았다. 거기에는 사람들이 버리
고 떠난 것임에 분명한 집 한 채가 서 있었으나 그것은 차라
리 폐허에 가까웠다. 지붕은 부분적으로 내려앉았고 창문에
는 틀도 없었으며 오른쪽 구석에는 화재의 흔적이 보였다.
회칠은 벗겨진 상태였고 새카맣게 탄 발코니는 양치류로 반
쯤 뒤덮여 있었다. 문짝은 떨어져나가 벽에 기대어 있었으며
문은 어렴풋이 보이는 파괴의 현장을 향한 입구였다. 그 어
떤 소리도 들리지 않았다. 그 안에 살고 있다가 사람들이 접
근하자 불안하여 어쩔 줄 모르고 도망이라도 칠 법한 동물의

소음조차도 들리지 않았다. 그들은 침묵한 채 죽은 건물 앞에 서 있었다. 그러다가 슐츠가 어두컴컴한 입구 쪽으로 걸어갔다. 입구 뒤의 내부는 어둠에 가려 전혀 보이지 않았다. 그의 부인이 조심하라고 소리쳤다. 그는 웃으며 손짓을 해보였을 뿐 물러서지 않았다. 그가 덜커덩거리는 벽돌 더미 위를 헤집고 사라진 다음에 알렉스도 여자들 곁에 붙어 있지 않으려고 했다. 슐츠가 어떤 발견을 하게 될지 누가 알겠는가! 비록 습득물의 종류가 불확실하기는 했지만 커져만 가는 호기심이 그의 다리를 움직이게 만들었다. 그는 오줌이 마렵다고 얼버무리며 슐츠 뒤를 따라갔다. 여자들이 불평의 말을 중얼거리며 뒤에 남아 있는 동안 그는 벌써 입구를 통과하여 신발 밑에서 벽돌 조각들이 부딪치는 소리를 들으며 잿더미 위로 올라갔다. 분말 모양의 축축한 잿더미 속에는 깨진 돌, 쇳조각, 알 수 없는 쓰레기 등이 뒤섞여 있었다. 그는 전적으로 청각에 의지했다. 슐츠의 발소리가 그의 앞에 있는 방들에서 들려왔다. 그 안에는 양탄자들이 누더기가 된 채로 벽에 걸려 있었으며 쓰레기 무더기들이 널려 있었다. 천장에는 커다란 파이프 다발이 걸려 있었는데 화재에 타버리지 않은 것이 이상하다는 생각이 들었다. 떨어져나간 돌쩌귀에 덧문이 느슨하게 걸려 있는 창문이 열려진 탓으로 흐릿하게나마 밝은 마지막 공간에서 그는 약하게 졸졸거리는 소리를 들었다. 슐츠는 알렉스가 친구를 쫓아가기 위해 구실로 내세웠던 행위를 하기 위해 구석에 서 있었다. 그는 친구 옆에 서서 바지 지퍼를 열며 "먼 과거로 되돌아간 것 같아!"라고 말했다.

슐츠는 머리를 들고 냄새를 맡듯이 공기를 들이마셨다.

"어떤 냄새가 나는지 알겠어?"

알렉스는 얼굴을 숙이고 마루청 사이로 비스듬히 비치는 빛을 바라보았다.

"찬 연기 냄새야. 화재 냄새."

슐츠는 가볍게 몸을 구부린 채 미동도 하지 않았다. 마치 그는 오줌을 누고 나서 바지 지퍼를 잠그고 다시 휴가의 일상으로 되돌아갈 힘도 없는 듯했다.

"전쟁에서와 같은 냄새가 나." 그가 조용히 허공에 대고 말했다. "공습이나 포격을 당했을 때의 냄새 말이야."

알렉스는 자신의 오줌이 양탄자 위로 흐르는 것을 관찰하면서 열심히 킁킁거리며 냄새를 맡았다.

"나는 그 밖에도 똥과 오줌 냄새가 난다고 생각해. 이전에 여기를 지나간 모든 사람들이 쌌을 테니까."

"이 폐허가 그런 매력을 지니고 있기 때문이야. 사람들은 이것을 보자마자 배설하고 싶은 욕구를 느껴. 여기 구석에서 얼마나 거리낌없이 똥을 눌 수 있는지를 그려보게 되지. 이곳은 은밀하면서도 친숙한 장소야. 자제력이 필요 없는 장소이지. 누구에게나."

"고무 냄새도 나는데." 알렉스가 말했다. "불장난하다가 태워먹은 고무 냄새 말이야. 취하게 만드는 지독한 냄새야."

"의식을 몽롱하게 만드는 냄새지." 슐츠가 동의를 표했다. "좋지 못한 냄새야. 살인적인 냄새. 죽음을 예고하는 듯한 악취. 그러나 그것은 마약과 같아. 불에 탄 발코니와 열기에 깨진 벽은 빗방울이라도 그 위에 떨어지면 멋질 거야. 그러면 시체들이 천천히 해체되는 심연에서 올라오는 곰팡이와 부패 냄새가 나겠지. 그리고 코를 간질이는 폭약 냄새도 날 거야. 나는 여기에 몇 시간 동안이나 머무를 수도 있겠어. 몸에 스며드는 듯한 향기인 이 냄새 속에서 며칠을 보낼 수도 있어. 나는 이 공간에 내 침대를 갖다 놓고 싶어. 호흡을 몇 번 하고 나면 과거가 되돌아올 거야. 여기에는 사람들에게 마비된 향기들이 모여 있어. 내가 여기에 있는 모든 것을 코로 들이마셔 뇌로 전달하면 나는 시간을 들여다보게 될 거야. 어린 시절까지도 말이야. 그때 계단실의 석탄 냄새와 장롱의 좀약 냄새는 어찌나 독하던지 거의 정신이 나갈 정도였어. 병조림용 유리병에 갇힌 청개구리 냄새와 새장 속의 흰쥐 냄새도 빼놓을 수 없지. 나는 사촌누이의 깨끗이 정돈된 속옷 냄새와 가구를 접착할 때 쓰이는 아교, 즉 소뼈 아교 냄새를 맡아본 적이 있었어. 그리고 이 진한 실체의 진수라도 되는 듯한 시체들의 사지 냄새를 맡아보기도 했어. 우습게도 내가 꽃 냄새를 맡아본 적은 한 번도 없었어. 그 대신에 나는 가능한 한 자주 우리집과 같은 거리에 있던 박제품 상점을 찾아갔었지. 창문 가에는 비루먹은 몰스[1]가 쭈그리고 앉아 마치 나를 초대하듯이 유리 눈으로 나를 응시하고 있었지. 나는 단지 이 섬뜩한 냄새를 들이켜기 위해 엉터리 질문거리를 들고 수시로 상점을 드나들었어. 포르말린과 에테르와 썩어가는 고깃덩어리 같은 어떤 혼합물 냄새를 맡으며 나는 당시에 죽음이 그런 냄새가 나리라고 생각했어."

그는 떨리는 손가락으로 바지 지퍼를 잠근 다음 벽면에 불룩하게 솟아오른 정체 불명의 무더기 위에 쭈그리고 앉았다.

그는 넘어지지 않기 위해 손으로 더듬어가며 느린 동작을 취했다. 상대방은 곁눈질로 그의 현기증을 감지했다. "몸이 더러워지겠어, 슐츠!" 슐츠는 침묵했다. "괜찮아, 슐츠?"

"그 냄새는 너무나 독했어." 앉아 있던 친구가 말했다. "그것은 너무 갑작스러웠어."

"독주 말이야?" 알렉스가 놀라서 묻고는 예전에 주철로 만든 공중변소의 눈에 띄는 에나멜 표지판이 요구하는 대로 자신의 몸과 옷을 추슬렀다.

"사람들은 지나간 사건들의 냄새를 기억할 수는 없어. 다시 그러한 영역에 빠져들게 되면 비로소 그것들과 연결된 모든 것이 되살아나게 되는 거야." 슐츠가 낮은 목소리로 말했다. "내가 말한 의미를 자네가 이해할 경우 그 냄새는 신비

---

1) 작고 털이 짧은 개 종류.

적이야, 알렉스." 그는 오른손을 모직 웃옷 안으로 집어넣고 속옷 주머니 윗부분의 가슴 근육을 안마했다. "그 냄새들은 우리들의 영원함을 되돌려준단 말이야, 알렉스. 불, 화재, 살인, 똥 등 모든 것은 가치 절하의 경향과는 무관한 영원함의 가치이며 잃어버릴 수 없는 재산이지. 내 자신의 냄새도 마찬가지야, 알렉스. 나는 내 자신의 냄새를 사랑해. 나는 내 자신의 냄새야. 나는 내 자신의 냄새 속에서 나를 되찾기 위해 때때로 일부러 샤워를 미루기도 해. 냄새만이 나를 실재 현실과 연결시켜주지. 주위의 형상들은 언제나 붙잡을 수 없고 난공불락이며 접촉할 수도 없어. 그러나 우연히 어떤 소녀의 어깨 위로 몸을 굽히고 그녀의 육체가 나에게 말하려는 것을 가볍게 들이마시면 나는 아직은 전혀 모르지만 기대할 것이 많은 세계에 막 들어선 듯한 새로운 느낌이 들어……"

바깥에서 "당신들 어디 있어요?"라고 외치는 소리가 불명확하게 들려왔다. 알렉스는 친구에게로 몸을 굽히고 손을 잡았다. "자, 내가 도와줄게. 그들이 조급해진 모양이야." 슐츠는 강하게 붙잡은 손에 의지하여 다시 두 발로 일어섰다. 그때 회색 등산모가 미끄러져내렸다. 그는 그것을 이마에서 밀어올렸다.

"자네는 육체적 훈련이 부족해, 슐츠." 알렉스는 이렇게 말하고 자신의 팔 힘을 만족스럽게 느꼈다. 그 팔에 매달려 움직이던 슐츠는 투덜거리는 말투로 반대의 입장을 취했다.

"나에게는 전혀 다른 어떤 것이 부족해. 여보게, 고맙네. 나는 벌써 괜찮아졌어. 먼저 가게나. 뒤따라갈 테니." 이것은 마치 슐츠가 그를 자신의 집에서 쫓아내는 것처럼 들렸다. 마음이 상해서 등을 돌리고 방안에 있는 이 시체로부터 떠나려 한다는 이유에서였다. 복도에 있는 쓰레기 더미를 넘어서서 그는 보는 사람의 눈에 따라 출구 혹은 입구인 문을 통해 바깥으로 나왔다. 거기에는 두 여자가 초조하게 기다리고 있었다. 그는 짧은 부재 시간 동안에 하늘이 한 단계 더 어두워진 듯한 느낌이 들었다. 푸르스름하던 빛깔이 더 진해지고 공활해 보였다. 그 이유는 아마도 나무 꼭대기 뒤에 구름 한 점이 떠올라 평면성에 3차원적인 어떤 요소를 가미했기 때문이었다.

"슐츠는 어디에 두고 왔어요?" 슐츠의 부인이 물었다. 알렉스는 슐츠가 곧 온다며 그녀를 안심시켰다. 슐츠는 이 말을 기다리고 있었다는 듯이 갑자기 문틀에 모습을 드러냈다. 모자가 발코니에 스쳐 다시 미끄러져내린 모습으로 그는 그들에게로 힘겹게 걸어왔다.

"이제 우리는 되돌아갈 수 있겠네요." 한 부인이 단호하게 말했다. 그 순간에 슐츠는 누가 그 말을 했는지 알지 못했다. 구름을 주시하고 있다가 마지못해 시선을 돌렸기 때문이었다.

"따라올 거죠, 슐츠?!" 다시 여자의 입에서 나온 말이 들렸다. 정신을 가다듬었을 때 그는 그들의 자태가 이미 나뭇가지들에 의해 가려지고 멀리 떨어진 그림자, 혹은 바람의 작은 충격에도 생기가 도는 덤불처럼 움직이는 것을 보았다. 슐츠는 몸을 돌려 폐허로 되돌아갔다. 다른 사람들은 벌써 멀리 떨어져 있지 않았더라면 그가 몇 번이나 큰 소리로 "고향! 고향!"이라고 외치는 것을 들을 수 있었을 것이다.

가정 배달

1

거리 풍경에는 주목할 만한 변화가 없다. 아마도 평소보다 더 많은 짐차들이 도시를 굴러다니고 있었다. 하지만 이것은 기껏해야 완벽한 교통 경찰관들에게나 눈에 띄었을 뿐이다. 고요한 새벽녘과 마찬가지로 매일 저녁 어둠이 깔리고 나면 그때까지 거리를 돌아다니던 이 수많은 짐차들이 갑자기 이집 저집 앞에 멈춰 서서는 상자나 궤짝 혹은 나무로 된 입방체를 내려놓은 다음 운전기사와 조수들이 그것을 들고 익숙한 솜씨로 급히 현관 안으로 사라지는 모습은 어쨌든 처음에는 주목을 끌지 못했다.

가끔 그들은 그것을 질질 끌고 가는가 하면 심지어는 한 주택 건물에 열 개 이상을 나르기도 했다. 그래서 매우 늦거나 이른 시각에 길을 지나던 사람들은 그 안에 무엇이 담겨 있으며 어떤 목적으로 운반되는지에 대해 의아하게 생각했다. 어느 날 아침 이러한 사건을 놀라서 바라보던 사람들 중에는 프리드리히 W. 슈말도 끼여 있었다. 그는 밤 근무를 마치고 집으로 돌아오는 길에 바로 그 차량을 보았다. 차에서 내려진 긴 상자들은 그가 사는 주택 안으로 운반되고 있었다.

계단에서 그는 배달인들로부터 짐에 대한 정보를 알아내려고 해보았다. 그러나 그들은 단지 헐떡거리며 가쁜 숨을 그의 얼굴에 내뿜었으며 고통에서 오는 이해할 수 없는 소리를 내뱉었을 뿐이다.

자신의 집 아래층인 이층에서 슈말은 열려진 문 뒤에 이미 많은 상자들이 쌓여 있는 것을 보았다. 더구나 그는 옆을 지나치면서 집주인의 얼굴에서 모호한 인상을 받았다. 땀에 젖은 그 얼굴은 희멀겋고 커다란 거품과 비슷했으며 새까만 두 개의 단추로 채워져 있었다. 그것은 바로 공포로 경직된 동공이었다.

2

밝은 대낮에 슈말이 빵을 사러 계단을 내려가고 있을 때 수위 마누라가 앞에서 몸을 일으키더니 길을 막았다. 그녀는 물이 묻은 두 손을 앞치마에 닦으면서 무슨 일이 벌어졌는지 알고 있느냐고 속삭이듯 물었다. 슈말은 아무것도 알지 못했다. 그녀가 겁에 질려 거의 그의 귀에 갖다 댄 입에서 다음과 같은 말이 튀어나왔다. "헬름브레흐트 씨가 시체들을 받았대요. 그것도 12개씩이나."

이 말을 통해 상자들이 불러일으킨 믿기 어려운 추측이 순식간에 증명되었다. 그러나 어째서 헬름브레흐트 씨가 세심하게 포장된 시체들을 집으로 배달시켰는지 슈말은 이해할 수 없었다. 그것에 대해서도 수위 마누라가 설명해주었다.

"배달시킨 게 아니에요. 그는 시체들을 받지 않을 수 없었어요. 그가 직접 살해한 사람들이거든요. 내가 알아요!"

그녀는 다시 서둘러 무릎을 꿇고 머리를 펠트로 만든 걸레 위로 숙인 채 더 이상 이야기하고 싶지 않다는 듯한 자세를 취했다. 슈말은 몇 번 더 물어보다가 어깨를 으쓱하고는 배고픔에 쫓겨 계단을 내려갔다.

3

빵집에서는 제빵 기술자의 부인이 그의 시중을 들었다. 평소에 그가 음탕한 눈빛으로 훑어보던 그녀의 풍만한 육체는 오늘은 팽팽함이 사라지고 아픈 듯한 인상을 주었다. 이전에 생기가 넘치던 눈은 울어서 충혈되어 있었다. 조심스럽지 못한 그의 질문에 대답하면서 그녀는 다시 눈물을 글썽였다.

그녀의 남편이 간밤에 심한 발작을 일으켰다는 것이었다. 심근경색이었다. 그 원인으로 그녀는 더듬거리며 어떤 노파를 지목했다. "내 남편이 그 사람을 차로 치었어요. 벌써 오래전의 일이란 말이에요! 그는 무죄 판결을 받았어요. 도로가 비에 젖어 미끄러웠기 때문이지요. 그런데 지금 그들이 우리에게 그 시체를 가져왔지 뭐예요."

그녀의 목소리는 전에 없이 날카로워졌다.

"묘지가 넘치기 때문이래요. 연금 생활자였던 엘자 니더마이어의 죽음에 대해 책임을 지라는 거지요. 이것은 관공서에서 처리하는 방식과 똑같은 효력이 있어요. 여기에 화물 운송장이 있어요." 그녀는 흐느끼면서 종이를 흔들어보였다.

프리드리히 W. 슈말은 당황하여 수많은 빵들의 부풀어오르고 입술처럼 금이 간 부분을 쳐다보았다. 그러나 그것은 그에게 그 어떤 위로와 동정의 말도 일러주지 않았다. 심지어 그의 마음 밑바닥(가장 깊은 곳)에서는 야비한 만족감이 활개를 쳤다. 빵집 주인은 천벌을 받은 거야! 슈말은 하마터면 웃을 뻔했다. 말을 참느라고 그의 목구멍에서는 딸꾹질이 튀어나오려고 했다. 식량을 이용하여 이득을 챙기는 그는 천벌을 받은 거야!

그는 서둘러 상점에서 나왔다. 잰걸음으로 그는 길을 되돌아갔다. 자신이 사는 거리로 꺾어들면서 그는 부릉거리며 출발하고 있는 파란색의 냉동 차량을 바라보았다.

슈말은 조용히 발걸음을 멈추었다. 차가 그의 곁을 지나갔다. 어둠침침한 운전석은 밖에서 잘 알아볼 수 없었다. 뇌졸중에 걸린 듯한 뺨, 부자연스럽게 반짝이는 눈, 재미 삼아 아치 모양을 만든 입가에 물고 피우는 궐련 꽁초 등이 보였다. 그러한 희미한 움직임은 옆을 지나쳐 사라져갔다.

4

사람들이 이웃집 앞에 모여서 고개를 움츠린 채 어떤 창문에 시선을 집중시키고 있었다. 슈말은 그곳으로 40개의 상자가 운반되었다는 것을 알게 되었다. 누군가가 말했다.

"그의 집은 이구석 저구석 할 것 없이 꽉차 있을 거야."

또 다른 누군가가 말했다.

"저 위에는 더 이상 빈자리가 없어. 우체국장은 벌써 화장실에 앉아 있대." 어떤 나이 든 남자는 밑에 서 있는 사람들 중에서 슈말을 제외하고는 아무도 알아들을 수 없을 정도로 낮은 목소리로 중얼거렸다.

"그들을 총으로 쏠 때 그는 이런 일이 벌어지리라고는 생각도 못했지. 그것도 손수 해치웠지. 그들은 전쟁에 신물이 났지만 우체국장은 딴판이었어. 당시에 그는 전혀 그러지 않았어……"

슈말이 앞에다 대고 조용히 물어보았다.

"그는 이제 어떻게 해야 할까요?" 상대방은 어깨를 가볍게 들어올리고는 평상시의 목소리로 말했다.

"배달된 것을 어떻게 처리해야 할지 아무도 정확히는 몰라요. 어제는 어떤 남자가 시체 조각들을 쓰레기통에 쑤셔박았다는 이유로 체포되었어요. 문제가 된 것은 어떤 여자의 시체 조각들이었답니다. 그는 집이 탐나서 그녀와 결혼했었거든요."

"그가 그녀를 죽였다고요?"

"당신이 생각하는 것과는 달라요……" 나이 든 남자는 정중하게 인사하고는 몸을 돌려 자리를 빠져나갔다. 더 이상아무 일도 일어나지 않자 다른 사람들도 흩어졌다. 슈말은집에 들어서면서 배달인들이 수신인의 책임을 어떻게 확정할 수 있는지에 대해 곰곰이 생각해보았다. 또한 시체를 넘겨받을 정도가 되기 위해서는 죄가 얼마나 커야 할까?

이제까지 알려지지 않은 종류로서 슈말의 기를 꺾는 정의의 형평성이 여기에 작용하고 있었다. 만약에 오류가 발생하여——정의는 항상 오류를 수반하기 때문에 이것은 얼마든지가능했다——전혀 죄가 없는 사람이 잘못 전달된 화물을 받고 충격을 받아 죽기라도 한다면 누가 숨이 끊긴 그 육체를받을 것인가?

마음이 편치 않은 상태에서 슈말은 소시지를 끼워넣은 빵을 집어삼켰다. 그는 가능한 한 빨리 언짢은 생각에서 벗어나 약혼녀에게로 달려가려고 했다. 그녀의 상냥한 얼굴이 오늘 그 어느 때보다도 그리웠다.

5

도중에 그는 그녀에게 줄 꽃을 샀다. 그녀가 사는 거리에 도착했을 때 서쪽 하늘에는 지붕의 실루엣 위로 자줏빛 석양이 남아 있었다. 거리는 벌써 시야를 먹어치우는 어둠 속에 놓여 있었다. 슈말이 빠른 걸음으로 건물에 도착했을 때 그 앞에는 어떤 배달 차량이 주차되어 있었다. 유행에 맞는 양철로 된 상여가 몇 안 되는 희미한 가로등 아래에서 섬뜩하게 번쩍였다.

프리드리히 W.는 계단을 이미 반쯤 올라갔을 때 앞서가던 배달인들의 가쁜 숨소리를 들었다. 게다가 퀴퀴한 향내와 방부제와 그에게 커다란 불쾌감을 안겨준 성분이 뒤섞인 냄새가 풍겨왔다. 그래서 그는 종종걸음으로 가능한 한 빨리 옆을 지나쳐 올라가려고 했다. 하지만 그들이 잽싸게 길을 막아서서 슈말은 그들과 상당히 작은 상자 뒤를 따라 올라갈 수밖에 없었다. 한 계단씩.

마침내 그들은 그의 약혼녀 펠리치아 비르바르크가 사는 층에 도달했다. 프리드리히가 비르바르크 양 집의 초인종을 누르기 위해 문 쪽으로 밀고 들어가기 전에 그들 중의 한 남자가 선수를 쳤다.

프리드리히 W. 슈말은 깜짝 놀랐다. 꺼림칙한 느낌이 들더니 갑작스러운 탈진처럼 온몸에 퍼져나갔다. 그는 조심스럽게 뒤로 물러나며 발로 계단을 더듬었다. 두 걸음, 세 걸음 혹은 두 계단, 세 계단 밑으로.

그는 갑자기 열린 문 안쪽에 서 있던 펠리치아의 얼굴을 바라보았지만 그녀는 이것을 눈치채지 못했다. 사람들이 자기에게 무엇을 가져왔는지를 알아챈 그녀의 얼굴은 사색이 되었다. 그녀의 눈과 콧구멍뿐만 아니라 꽉 다문 입은 수심이 가득했고 낡은 무성 영화에서나 볼 수 있듯이 짙은 분장을 한 살아 있는 가면과 매우 비슷했다. 이처럼 현실에서 잘라낸 형상을 마음에 품고 그는 아무도 모르게 슬며시 계단을 내려갔다.

6

이 형상은 며칠 지나지 않아서 그리움에 의해 파괴되었다. 그래서 슈말은 밤 근무를 끝내고 펠리치아에게로 달려갔다.

그녀는 아무 일도 없었던 것처럼 그를 맞이했다. 언제나처럼 쾌활하게 그녀는 그를 진심으로 껴안았으며 그의 모자를 거울이 달린 옷장 위에 조심스럽게 올려놓았다. 그에게로 다시 몸을 돌린 그녀는 멈칫하며 그의 안색을 살폈다. 어디가 아프냐고 걱정을 하며 그녀는 그를 거실로 데려갔다. 그녀는 곧 차를 준비하겠다고 말했다. 그러나 슈말은 주위를 두리번거리며 볼멘소리로 물었다.

"그것을 어디에 뒀어?"

"무엇을요? 어디라니요?" 그녀는 오른쪽 눈썹을 치켜올렸다. 프리드리히는 펠리치아가 방 밖으로 빠져나가지 못하도록 그녀의 몸을 꽉 붙잡았다.

"관 말이야. 그저께 도착한 작은 관!"

펠리치아의 얼굴은 흥분하여 벌겋게 상기되었다.

"부끄럽지도 않아요? 부끄럽지도 않아요……" 그리고 그녀는 그를 쳐다보지 않았다.

슈말이 자신의 손에서 빠져나와 몸을 돌리려는 그녀를 향해 말했다.

"좋아, 당신에게 아이가 있었군. 당신을 비난하지는 않겠어. 그러나 왜 나에게 아무 말도 하지 않았지? 나는 당신을 돕고 싶을 뿐이야. 당신은 하지만 괴로워했겠지……" 펠리치아는 그를 단숨에 밀쳐내고 당황하여 소리쳤다.

"연극은 집어치우기로 해요!" 프리드리히가 다시 아이에 대해 집요하게 물었을 때 그녀는 반항적인 태도로 머리를 쳐들었다.

"당신이 정 알고 싶다면 말하겠어요. 내가 아이를 난로에 넣고 태워버렸어요." 그녀는 어깨를 으쓱했다.

"벌써 오래된 일이에요. 내 집에 묘라도 만들어야겠어요? 하지만 나는 당신을……" 그녀는 그에게로 다가가 품에 안기려고 했다. 하지만 슈말은 그녀를 밀어냈다.

그녀는 홍채가 희미하게 빛나는 눈으로 그를 밑에서 올려다보았으며 곧 끓는 물에 차를 타기 위해 부엌으로 갔다. 그녀가 조심성 없이 요란하게 그릇이 맞부딪치는 소리를 내는 동안 프리드리히는 소리 없이 집을 빠져나왔다. 그는 죄를 지은 사람들뿐인 주변에서 죄가 없는 유일한 사람이었다.

7

다시 하루가 지났을 때 대문 앞에 서 있는 짙은 녹색의 다목적 차량이 그의 눈에 띄었다. 그 차는 아무런 표지판도 달고 있지 않았다. 그 차량에 신경을 쓰지 않고 그는 건물 안으로 들어와 피곤에 지쳐 난간에 몸을 의지하면서 계단을 올라갔다. 그가 자신의 집으로 통하는 층계참을 꺾어들었을 때

퉁명스럽게 웅얼거리는 소리가 울려왔다.

그의 이름이 적힌 문패가 붙어 있는 문 앞에서 배달인들이 기다리고 있었다. 그들 사이에는 가늘고 긴 상자가 놓여 있었다.

그들은 그의 발소리를 듣고는 그에게로 얼굴을 돌렸으며 무표정한 눈으로 그를 빤히 쳐다보았다. 그는 자신을 주목하는 시선 속으로 계속 올라갔다. 아무렇지도 않은 모습으로 그는 자신의 집 문을 지나치려는 확고한 의도에서 발을 들어올렸다. 그는 우연히 들른 방문객인 척하려고 애를 썼다. 그는 하지만 여기에 처음 온 듯한 인상을 주지 못했다. 그가 문을 막 지나치려고 했을 때 운전기사가 그를 불러세우고는 프리드리히 슈말이 어디에 사는지 아느냐고 물었기 때문이다.

프리드리히 W.는 그러한 상황에서 자신의 이름을 듣고 보니 매우 당황스러웠다. 하지만 그는 자신의 무죄를 확신했다. 지금 여기에서 자신이 두려워한 오류가 발생한 것이었다.

알지도 못하는 시체를 집 안에 들여놓고 도대체 어쩌란 말인가? 그래서 그는 신뢰감을 심어주기 위한 태도로 고개를 흔들어댔다. 그때 배달인들 중의 한 사람이 상자의 머리 부분에서 뚜껑을 끌어당겼다. 갑자기 호기심이 생겨 몸을 굽힌 슈말은 펠리치아 비르바르크가 못에 박힌 채 누워 있는 것을 발견하였다.

　영원과 같은 한순간이 지난 후 그는 다시 몸을 펴고 열쇠를 꺼내서 문을 열고는 천천히 안으로 사라졌다. 배달인들은 말없이 상자를 들고 슈말을 따라갔다. 운전기사는 명단을 펼치고 만족감에 고개를 끄덕이며 이름 하나를 지웠다.

G.라는 남자와의 만남에 대한 검열관의 보고

오늘 그가 출두했다. 우리가 유사한 상황들을 통해 얻은 실험 계수에 따라 나는 그를 대기실에서 기다리게 만들었다. 기다림은 인간을 엄청나게 교육시킨다. 처음 30분이 지나면 그는 자신이 무시를 당하고 소홀히 대접받는다는 당연한 느낌 때문에 공격적인 태도를 보이며 분개한다. 하지만 기묘하게도 이러한 상태는 오래가지 않고 체념과 불안으로 바뀐다.

기다리는 동안 기다려야만 하는 이유들을 찾아내느라고 머릿속에서 맴도는 공상이 스스로를 위협하는 생각들을 불러일으킨다. 한 시간을 기다린 사람은 접견 자체에 대해 기뻐하며 동시에 자기 자신에게는 불리한 모든 결정들에 긍정적으로 협조할 태세가 되어 있다——단지 기다림을 끝내기 위해서다.

여비서가 45분 후에 데리고 들어온 G.를 향해 내가 그런 사람의 처지를 즉시 깨닫게 해줄 양으로 오랫동안 시험해본 '스쳐가는 시선'을 던졌을 때 그도 남들과 다르게 보이지 않았다. 나는 그가 온유한 사람이라는 것을 알아차렸다. 그렇지만 G.의 경우 인상적인 모습이 문제된다는 것을 고백하지 않을 수 없다. 그의 품위는 아마도 단련을 받아 논쟁과 갈등에 대한 방어 무기로 형성된 것으로서 고풍스러운 저항 도구였다. 익숙하지 않은 눈에는 그것이 본의 아니게 우습게 비쳐지는 바람에 아무런 효과를 내지 못했다. 여비서도 그의 뒤에서 문을 닫을 때 드러내놓고 미소를 지었다. 자기 스스로는 필경 '고상'하게 여기겠지만 긴장하여 뻣뻣한 그의 몸가짐은 그녀에게 작위적이고 우스운 인상을 심어주었다. 그가 오른손을 펼쳐 하얀 머리숱을 매만질 때의 느린 몸짓은 심지어 잃어버린 노련함은 아닐지라도 차분한 인상을 주었다.

그에게 불길한 예감이 들게 만들고 아울러 다루어야 할 과제는 인간적인 측면에서 나중으로 미루고 싶다는 것을 암시하는 어조로 나는 여비서가 우리들에게 곧 커피를 대접하게 되리라고 말했다. 나는 이러한 예고가 처형 전의 마지막 식사에 대한 예고처럼 나타나고 아직은 관대한 수준이지만 대화 상대자 스스로 피고인이 되게끔 만든다는 것을 확인했다.

바깥의 쿠션이 붙은 문 앞에서는 희망을 가졌던 것과는 달리 지금 그는 피할 길 없는 욥의 전언에 뒤따르는 독약을 받는 기분이라도 든 것 같았다. 그가 자리를 잡는 모습 역시 앉는다기보다는 쓰러지는 것에 가까웠다. 그의 모습은 권투 경기의 직설적이고 명확한 언어에 나타나는 듯한 '효과를 보여주었다.' 이 권투 경기에 대해 G.는——이와 관련하여 나는 나중에 그를 질책했다——여전히 소네트나 시를 쓰지 않았다. 우리가 몇 년 전부터 이 주제를 창작의 가치가 있는 것으로 선전하고 있음에도 불구하고 말이다. 지금은——우리들의 훌륭한 의도와 좋은 의미의 자극에 부정적이고 무시하는 태도로 반응하는 사람을 반갑게 맞아주지 않는다고 해서 놀랄 일도 아니다.

앞에 놓인 편지들에 서명하는 척하면서(내가 45분 동안 한 일이라고는 이것밖에 없었다) 나는 지나가는 말로 바이마르의 사정은 어떠냐고 물었다. 기다림으로 인해 기가 꺾이고 말문이 막혀 있던 그가 한꺼번에 말을 쏟아냈다. 곧 이어 그는 자신의 친구인 프리드리히 폰 Sch.의 안부 인사를 전했다. 그 작자가 국가를 비방한 행위에 관해서는 충분한 정보가 제출되어 있었다. 물론 나는 쓸데없는 이야기는 G.에게 하지 않았다. 전반적으로 나는 시골에서의 시시한 소리에 불과한 그의 잡담에 관심을 기울이지 않았다. 그러자 G.는 처음에 격렬하게 떠들어대다가 점점 조용해지더니 마침내 완전히 침묵하고 말았다. 커피가 왔다. 내가 애매모호한 태도로 끝없이 찻잔을 젓는 동안 그는 커피를 한 모금씩 들이켰다. 그러던 그가 갑자기 말을 꺼낸 이유는 기습 작전이 항상 최상의 결과를 가져오기 때문이다. "그때 당신은 우리에게 누명을 씌우고 싶어했지요!"

그는 더 창백해졌고 커피를 꿀꺽 삼키다가 입과 코를 통해 찻잔에 다시 뱉어냈다. 나는 이것을 양심의 가책에 대한 명확한 증상으로 예의 주시했다. 그의 더듬거리는 말을 가로막으며 나는 상당히 차갑게 응수했다. "G.선생, 당신이 의도한 바를 여기 우리 당국에서 눈치채지 못한다고 믿습니까? 그렇게 생각하는 사람이 있다면 그는 우리 문화 정책 노선을 무력화시킬 수는 있겠지만 그 결과에 대해서는 스스로 책임을 져야 합니다!"

대답할 시간을 벌기 위해 그는 찻잔에 담긴 께름칙한 혼합물을 마치 신들의 불로주나 되는 것처럼 눈을 딱 감고 다시 마셨다. 그 다음에 그는 순진한 표정을 지어보이며 도대체 용건이 무엇이냐고 물었다. 그는 내가 왜 자기를 오라고 했는지 모르는 척했다. 나는 이미 전화로 그의 시각에서는 왜곡된 것처럼 보이는 특정한 청소년 문제가 핵심 사항임을 통보한 바 있었다. 더구나 이 문제는 어떤 견습생의 형상을 통해 청소년을 비판하려고 꾸며낸 그의 시와 관련된 것이었다. 내가 그에게 단도직입적으로 말했듯이 그가 자신의 새로운 원고의 일부인 이 시를 끝내 고집한다면 출판이 어려웠다. 이 밖에도 이 실패한 시를 삭제하면 그의 시집에 유익할 따름이었다. 그는 시선을 밑으로 내리깔고 "순례하라, 몇몇 구간을 순례하라……"고 중얼거렸다. 곧 이어 그는 이 시에서 당연히 우리나라에서는 사라져가는 소수에 불과한 특정한 청소년들의 미숙함과 건방진 이기주의를 탄핵 내지는 폭로하고 싶었다고 장황하게 설명했다. 이제——이렇게 수세적인 입장에서 논증하는 사람을 반박하기란 쉽다. 우리가 원칙과 언어 규칙을 결정하는 마당에 우리는 항상 옳다. 필연성에 대한 통찰에서 출발하는 모든 토론은 토론 상대자에 대한 통찰로 귀결되어야 한다. "그렇다면 어째서 완전히 비전형적인 소수가 시의 대상으로 부상해야 합니까, G.선생? 적대적인 세력에 유혹당한 이 무뢰한들을 다룰 책임은 우리 기관들에 있습니다. 당신 수준 정도의 시인이 다룰 일이 아닙니다! 이 주제는 당신에게 걸맞지 않아요, G.선생! 모든 정당한 반론에도 불구하고 이 시를 살리려면 견습생 인물을 그저 긍정적으로 전환하기만 하면 된다는 것이 나의 제안입니다. 다시 말해서 이른바 '빗자루'를 통해 잘못 상징된 것처럼 보이는 물 생산 과정을 그가 은밀하고 독자적으로 주도하게 만들 것이 아니라 사회적으로 완전히 정당한 '늙은 기능장'의 위임을 받은 것으로 처리하라는 것입니다. 처음에 물 생산이 실패한 이유는 첫째, 견습공이 적에 의해 이념적으로 영향을 받았거나, 둘째, 새로운 기술이 아직 충분히 확보되지 못한 데 있습니다." 그 청년의 성격 규정에 관한 두 가지 가능성 사이에서의 양자택일적 선택은 문화 영역에서 최상위의 법으로 알려져 있는 모든 예술적 자유를 G.씨에게 맡기는 격이었다. 그러한 변화를 통해서만 노동자 계급의 화신이라 할 수 있는 늙은 기능장이 능동적으로 개입한 시정 조치도 납득이 될 터였다.

처음에 동의를 표하는 듯한 망설임을 보이던 그는 시의 의미가 바뀔지도 모른다는 설명과 함께 넓은 아량에서 나온 나의 제안을 거부했다. 도대체 그가 지닌 생각이 뭐냐며 설명을 요구하자 그는 그럴 권한이 없는 어떤 청년이 에너지원을 다루지만 문제를 해결하지는 못한다는 데에 의미가 있다고 말했다. 이러한 동력은 이른바 '늙은 기능장' 처럼 보편적인 행복을 추구하는 사람만이 취급할 수 있다는 것이었다.

"G.선생!" 나는 전체적인 전술을 단숨에 변경하여 그에게 모든 가능한 퇴로를 차단하기 위한 방식을 택했다. "그 말이 그럴듯하게 들릴 수도 있겠군요. 그러나 그 시에서 사람들은 전혀 다른 어떤 것을 찾아냅니다. 이것 보세요. 청소년은 우리들의 버팀목입니다! 미래는 청소년의 것이지요! 아마도 벌써 은퇴할 나이에다가 외국 여행이나 할 궁리를 하는 늙은 기능장들 따위의 것이 아니란 말입니다! 당신은 여기에서 우리가 더 이상 기대하지도 않고 돈만 까먹는 사회의 일부분을 두둔하고 있습니다. 이러한 인구 집단이 우리 재정에 도움이 되기는커녕 짐만 된다는 것은 비밀이 아닙니다. 이러한 사람들에게 당신은 시를 통해 주도적인 역할을 부여하고 있습니다. 이것은 현실과 정반대입니다! '정령들인/너희들을 그의 목적을 위해 불러낸다/늙은 기능장이' 라는 구절은 대체 무슨 뜻입니까? 이로써 그 시는 무절제한 개인주의의 정점에 도달해 있습니다! '그의 목적' 이라니요! 늙은 기능장이 아직은 미지의 에너지 자원인 정령들을 이용하여 빈둥거리며 허송세월하거나 맥주를 가져오게 만들 경우 G.선생, 당신은 이러한 남용에 완전히 동의하는 꼴이 됩니다. '독자적인 목적'에 관한 표현이 이것을 정당화시키고 있기 때문이지요. 안됩니다, 선생! 현재의 에너지 상황에서 우리는 그러한 것을 선전하고 싶지는 않습니다."

승리감에 젖어 나는 그의 눈을 똑바로 쳐다보았다. 나는 그에게서 모든 반론의 근거를 빼앗았다고 확신했다. 그러나 이 고집불통의 인간은 내가 마치 그에게 결정적인 사실을 제시하는 대신에 쓸데없는 말을 지껄인 것처럼 단정치 못한 머리를 흔들었을 뿐이었다. 그 다음에 그는 비유로서의 시가 명확하게 전달코자 하는 현재의 세계 정세에 대한 주의를 환기시키기 시작했다. 그는 내가 원자력으로 인한 엄청난 위험을 인식하고 있는지 알고 싶어했다. 이에 대해 나는 그러한 위험은 우리들의 범접할 수 없는 국경 너머에서나 가능하지 국내에서는 있을 수 없는 일이라는 재빠른 항변을 통하여 방어하려고 시도해보았지만 그의 말을 중단시킬 수는 없었다. 그의 시는 말하자면 이것에 대한 입장 표명이었다. 그는 내가 그 시를 다시 한 번 읽어보면 신생 국가들이 원자력을 조심스럽게 다루지 않는다는 예감이 들 것이라고 말했다. 반면에 기술과 과학이 훨씬 발달한 국가들은 원자력이 더 커다란 재앙을 가져오지 않도록 막는다는 것이었다.

"아하!" 내가 말했다. "아하, 기술적으로 훨씬 발전한 국가들이 미개발 국가들을 이끈다고요?"

"맞습니다." 마침내 자신이 이해받기라도 한 듯이 그는 안도의 한숨을 내쉬며 주저 없이 대답했다. 그러나 이것은 그의 착각이었다. 내가 곧바로 역습했기 때문이다.

"거기에는 미국도 포함되어 있습니까?" 이 말이 과녁을 적중시켰다. 그는 몸둘 바를 몰라했으며 완전히 넋이 나간 듯했다. 그런 상태로 그는 쭈그리고 앉아 있었다. 나는 그런 식으로 그의 공격을 저지한 것을 유감스럽게 생각할 정도였다. 하지만 진실은 그 어떤 사정이나 잘못된 동정을 용납하지 않는다.

그는 더 이상 항변할 엄두를 내지 못했다. 내가 그의 분별 없는 창작의 죄과를 증명하는 수단으로 사용한 과학적 세계관에 대해 그는 괴로운 침묵 이외에는 더 이상 맞설 수 없었다. 나는 그에게 바이마르로 돌아가기 전에 자신의 시를 조용히 한 번 더 살펴볼 의향이 있느냐고 물었다. 부드러운 목소리로 나는 누구나 기꺼이 자신의 작품을 약간 개선할 마음의 준비가 되어 있게 마련이며 이 밖에도 전문적인 조언은 모든 부문에서 명심할 필요가 있다는 말을 덧붙였다. 모두가 창조적으로 활동하고 그 어떤 특별 대우도 요구할 수 없는 사회에서 예술이라고 예외일 수는 없다는 취지의 내용이었다.

그는 말없이 고개를 끄덕였다. 이것은 그의 본성에 걸맞은 이해심과 호의를 나타내는 것 같았다. 헤어지면서 나는 그에게 내일 오전 정각 11시에 다시 한 번 나와달라고 정중하게 요청하면서 그때 함께——이 중요한 부사를 강조하기 위해 나는 목소리를 높이고 눈썹을 위로 밀어올렸다——그 문제에 대해 모두를 만족시킬 수 있는 해결책을 강구해보자고 말했다. 그는 악수를 함으로써 이것을 나에게 약속했다. 나는 모든 어려운 문제들을 극복했다고 확신했다. 그러나 그 다음날 오전에 그가 보인 태도는 누군가가 그 사이에 그를 다시 충동질했다고밖에 생각할 수 없을 정도였다. 한마디로 말해서 그는 우리들이 처음 대화를 시작했을 때와 마찬가지로 고집불통이었다.

내 사무실에 울려퍼진 그의 말에 따르면 그의 '마법의 견습공'은 내가 그 깊이를 이해하지 못하는 포괄적인 비유였다. 그는 내가 그것을 해석한 것이 아니라 오히려 왜곡했다고 주장했다. 이 어리석은 말장난에 대해 그는 긍지를 느끼는 것 같았다. 그가 그것을 여러 번 반복했기 때문이다. 그가 밤새도록 그것을 '손질'했음에 분명했다. 어쨌든 이른바 '마법의 견습공'은 맹목적인 실용주의를 나타내며 이것이 해로운 이유는 그가 태곳적부터 전해내려오는 현명함에 귀를 기울이지 않고 가능성의 척도를 오판하는 가운데 기능장과 겨뤄보려는 데 있다는 것이었다. G.가 '척도'라는 말을 할 때 소리를 지르는 바람에 그러한 경우에는 언제나 그렇듯이 나의 여비서가 즉시 문을 열어제치고는 경비원에게 알릴 필요가 있는지 살펴보았다. 그가 말을 계속했다. "척도는 우리들의 유일한 법률입니다! 이것을 어겼을 때 우리는 가차없이 파멸하고 말았습니다!"

이에 대해 나는 물론 비웃을 수 있었다. 척도가 우리들의 법률이라고? 세계는 그의 머릿속에서 그런 식으로 자리잡고 있었다! 마치 우리들의 법칙성이 모든 행동과 사고의 척도가 아닌 것 같았다.

"우리는 그 어떤 '척도'에 의해서도 우리 행동의 법률을 강요받지 않아요, G.선생!" 내가 대답했다. "당신은 대체 어떤 척도에 대해 말하는 겁니까? 미터자? 일 리터들이 맥주잔? 당신이 끌어들이는 모든 것은 단지 명확한 입장 표명을 회피하기 위한 허튼수작일 뿐입니다! 파멸한다고요? 도대체 왜 그렇지요? 우리들은 자기가 불러낸 정령들로부터 더 이상 벗어나지 못하는 마법의 견습공 역할에 머물러 있지 않습니다! 이러한 출구 없는 상황은 몰락하는 체제에나 적용되겠지요. 하지만 우리들의 경우 기술은 따로 놀지 않습니다. 오히려 그것은 인간의 확고 부동한 행복에 기여합니다! 과학 기술적인 혁명은 욕조가 넘쳐흐르는 것과 비교할 수 없습니다, G.선생! 우리에게는 정령들이 필요 없어요. 우리는 스스로 문제를 해결합니다. 선생, 당신의 철학은 시대의 요구와 일치하지 않습니다!" 나는 그에게 그 시를 시집에서 빼든지 아니면 출판을 포기하든지 마음대로 하라는 암시를 주면서 말을 끝냈다. 하지만 그는 생각에 잠겨 자발적으로 의자에 주저앉았다. 그는 내가 그 담시의 유해성을 확신시켜주기 전에는 자리에서 일어나지 않을 태세였다. 나의 반론을 그는 단지 증거가 희박한 악의적인 해석으로 받아들였다. 이것이 ─고백하건대─나를 격분시켰다.

"좋습니다. 당신은 마음을 바꾸고 싶지 않군요!" 내가 외쳤다. "좋습니다, G.선생. 그렇다면 그 어떤 해석도 더 이상 필요 없는 당신의 진짜 생각이 무엇인지 내가 증명해보겠습니다." 나는 자제력을 잃은 채 책상 서랍에서 문서 하나를 꺼내서는 허공에 대고 격렬하게 흔들어보였다.

"G.선생, 당신이 지난번 이탈리아 여행 때 헤르더라는 사람에게 보낸 편지 내용을 아직도 기억하고 있습니까? 기억하지 못한다고요? 그러면 내가 당신의 기억력을 되살려주겠습니다! '나폴리, 5월 17일. 세계를 많이 돌아다닐수록 나는 인류가 현명하고 영리하며 행복한 대중이 될 수 있으리라는 희망을 덜 갖게 된다네. 아마도 수백만 개의 세계 중에서 이러한 특권을 누릴 수 있는 세계도 있겠지. 우리가 몸담고 있는 세계의 헌법을 고려할 때 이 세계는 시칠리아의, 경우만큼이나 희망적이지 않다네.' 이것을 쓴 적이 있습니까 아니면 없습니까? 여기에서 당신은 당연히 우리들의 국가와 동일한 우리들의 세계를 비방하고 있습니다. 더 나쁜 것은 시칠리아와의 동일시를 통하여 당신이 우리 정부를 마피아로 규정하고 있다는 점입니다!

글을 통한 그러한 표현이 형법상 무엇을 의미하는지는 행정 업무를 충분히 알고 있는 당신에게 굳이 세세하게 설명할 필요가 없을 것입니다. 이제까지 그러한 것은 대충 넘어갔습니다. 그러나 당신이 그와 같은 비방을 문학적으로 유포시키기 시작한 지금에는 그러한 기도에 빗장을 쳐야 합니다. 더구나 강력한 의지로!"

나는 의자에 몸을 기대고 G.를 뚫어지게 쳐다보았다. 헤르더 씨에게 보낸 그의 편지 사본을 나는 다시 서류 다발 속에 집어넣었다. 그 사이에 그는 손수건을 꺼내 눈에 띌 정도로 높고 매끄러운 이마를 여러 번 닦았다. 이 시간에는 그를 자신의 진정한 정신적 태도와 대립시키는 그러한 수단이 제대로 작동하는 듯한 느낌이 들었다. 그는 사실상 나에게 그러기를 요구했고 스스로 그 결과에 대한 책임을 져야 했다. 나중에 일어난 사건들의 관점에서 보면 나는 상황에 따라 더 소극적으로 행동했을 것이다. 하지만 적은 우리에게 우리 자신의 방법을 강요한다. 이 경우에도 나는 G.를 결코 적으로 삼고 싶지 않다. 그것은 절대로 나의 의도가 아니었다. 나의 의도는 언제나 더 훌륭한 논증을 통해 나의 대화 상대자들을 확신시키는 것이었다.

기진맥진한 상태에서 잠시 여러모로 돌이켜 생각해볼 시간을 준 다음 나는 그에게 말을 시키려고 시도했다. 그는 자신의 시를 논의된 바대로 의미를 바꾸어 현실에 걸맞게 만들 것을 승낙했다. 우리는 서로에게 진심으로 작별 인사를 했다. 나는 그를 문까지 전송하며 바이마르로 돌아가는 여행이 즐겁기를 바란다고 말했다. 그러나 그의 죽마고우에게 인사를 전해달라는 말은 일부러 하지 않았다. 이번에 그 작자에게 일종의 건강한 불안을 심어주기 위해서였다. 왜냐하면 G.가 귀향하는 즉시 그의 친구인 프리드리히 폰 Sch.는 내가 자신에 대해 언급했는지를 물어볼 것이기 때문이었다. 내가 그러지 않았다는 것을 알고 나면 그는 혹시 자신이 어떤 측면에서 잘못한 것이 없는지, 혹은 누구의 노여움을 사거나 더 나쁜 일이 자신을 기다리고 있지나 않은지를 규명하기 위해 자기 스스로 양심을 시험해볼 것이다. 내가 그에게 인사를 전하지 않은 의도는 그러한 생각을 불러일으키려는 데 있었다. 이것은 그를 비롯하여 그런 종류의 사람들에게 효험이 있었다.

아울러 나는 당사자에게 자신의 위상에 대한 불안을 심어주기 위해 이러한 치료법을 기회가 있을 때마다 사용했다.

자신에게 내일 무슨 일이 닥칠지 모르는 모든 작가를 포함하여 모든 인간은 이러한 상황을 통해 뻣뻣한 태도를 버리게 되어 다루기가 쉬워진다. 그 다음에 그의 이름을 3년에 한 번 정도 공식적으로 언급하면 그는 자부심과 공동체에 편입된 듯한 느낌을 갖는다. 뿐만 아니라 그는 협력할 마음의 준비를 갖추고 모든 면에서 호의적인 태도를 보인다.

며칠이 지나는 동안 나는 G.에 관한 소식을 듣지 못했다. 명성이 자자한 세심한 주의력으로 그가 「견습공에 관한 담시」를 손질하고 있으리라는 나의 추측은 몇 주 후에는 절대적으로 맞는 것처럼 보였다. 그가 다시 내 앞에 나타나 어색한 몸짓으로 손에 든 종이 한 장을 나에게 내밀었을 때 그에 대한 나의 의구심은 완전히 사라지는 것 같았다. 우리가 매일 그렇게 하듯이 그도 스스로를 극복했음이 분명했다. 그는 자신의 반동적인 제2의 자아와의 투쟁에서 승리하였다. 인식의 불길이 회의의 찌꺼기를 연소시켜버렸다. 그가 아직도 극복 과정에 있음은 그의 모습에서 뚜렷이 살펴볼 수 있었다. 아마도 그런 이유로 그는 휘청거렸으며 의자 등받이에 몸을 의지해야만 했다. 단정치 못한 옷매무새나 벌겋게 충혈된 눈동자와 메말라서 갈라진 입술도 마찬가지 경우였다. 이 모든 것은 시대의 요구에 따르는 일이 그에게 쉽지 않았다는 것을 보여주는 표시였다.

나는 기대에 부풀어 그 종이를 건네받고 낯익은 제목과 그

밑의 담시를 읽었다. 마지막 부분을 제외하면 바뀐 것은 아무 것도 없었다. 마지막 부분에는 "구석으로/빗자루, 빗자루/-존재했었다/두 번 다시 정령들을/최상의 목적을 위해서조차 불러내지 않는다/젊은 기능장 혹은 늙은 기능장이"라고 씌어져 있었다.

이때 받은 충격을 나는 감출 수가 없었다. G.는 여기에서 형이상학에 대한 우리들의 반대 입장을 탁월한 방식으로 표현했다. 두 번 다시 정령들을 불러내지 않는다는 표현이 이에 해당한다. 바로 이 구절은 우리 문화 궁전의 성문과 입구 위에다 돌로 새겨넣을 수 있을 것이다. 신비적이고 비합리적인 것을 부정하면서 이처럼 설득력 있게 이성과 지식을 인정하는 경우는 이제까지 매우 드물었다. 여기서는 과거의 정령들을 두 번 다시 불러내지 않을 것을 나이와 관계없는 의무로 삼고 있었다.

G.가 고맙다는 말과 함께 받아든 커피에 나는 코냑 한 잔을 타주었다. 이것은 창조적인 일을 하느라고 몸이 약해진 그에게 필요할 것 같았다. 그는 조용히 쭈그리고 앉아 생각에 잠겨 있었으며 입술을 내밀고 뜨거운 커피를 불어서 식히다가 이따금 한 모금씩 마셨다. 그 사이에 그는 찻잔을 내려놓고 저고리에서 또 다른 종이를 꺼내 진지한 태도로 나에게 건넸다. 또 하나의 새로운 기념비적인 문학 작품을 접한다는 생각에 사로잡혔던 나는 내 손에 든 것이 이탈리아 여행 신

청서임을 알았을 때 적잖이 실망했다. 얼마나 세속적인가!

"G.선생!" 나는 좀더 사무적으로 말했다. "이것에 대해서 나는 물론 혼자 결정할 수 없습니다. 이것을 결정하기 위해서는 얼마나 높은 지위에 있는 인물들이 필요한지는 당신도 아실 겁니다. 당신은 우리들의 존경하는 대통령께서 몇 년 전에 한 말씀을 아직도 기억하시겠지요. 그는 '내가 처음에 한 사람을 보내주면 계속해서 다음 사람들을 보내줘야 한다'고 말했습니다. 나는 기꺼이 심부름꾼 역할을 담당하여 당신의 신청서를 상부에 전하겠습니다. 하지만 나는 그 이상의 일을 할 처지가 되지는 못합니다……" 이에 대해 그는 최소한 동의를 확실히 받는 데 영향을 끼치기 위해 내가 그의 신청서에 추천서를 첨부해주기를 바란다고 응답했다.

나는 어깨를 으쓱한 다음 추천서를 받으려면 그의 여행이 공공의 이익에 기여해야 한다고 말하고 그의 경우 이러한 공공의 이익을 신빙성 있게 증명할 수 있는지를 물었다. 그의 신청서는 로마에서 비가를 쓰고 싶다는 여행 목적에 대한 설명만을 담고 있었다. 마치 우리가 바로 지금 비가를 필요로 하는 것 같았다! 선생, 우리에게는 찬가가 필요하오! 그리고 이것은 내용적으로 연결되는 장소, 즉 여기에서만 창작 가능하오!

G.는 얼굴이 벌개졌다. 그는 짙은 눈썹 밑에 있는 두 눈망울을 이리저리 굴렸다. 그래서 나는 또 한 잔의 코냑을 따라

주고 다시 한 번 상부의 지침을 내세우며 고도의 이익이 걸려 있을 때에만 긍정적인 결정을 기대할 수 있다고 말했다. 이것을 계기로 그는 의자를 박차고 일어나며 전에 없이 천둥이 치는 듯한 목소리로 "내 똥구멍이나……"라고 말했다. 마지막의 금기시된 단어는 가슴속에 묻어두었지만 잘 알려진 관용어인 관계로 더욱 두드러졌다. 동시에 그는 내 책상 위에 놓여 있던 자신의 시 쪽으로 손을 뻗쳐 그 종이를 움켜잡더니 ─ 내가 깜짝 놀라는 가운데 ─ 갈가리 찢어 두 팔을 이리저리 흔들며 사무실에 흩뿌렸다.

나는 전혀 기대하지 않았던 이러한 병적인 발작에 어안이 벙벙했다. 온 힘을 다해 정신을 차리려고 노력하면서 나는 그에게 여행 신청서를 돌려주며 경고하듯이 말했다. "이 신청서는 당신이 곧 처리할 수 있을 것입니다, G.선생! 그 일은 당신에게 명확합니다! 바이마르에 안부를 전해주십시오. 그 어떤 남쪽 도시도 이 아름답고 마음을 달래주는 도시와는 상대가 되지 않습니다."

G.는 내가 그의 가슴에 칼을 꽂기라도 한 듯한 표정으로 나를 응시했다. 이전에 그는 책임을 회피하는 태도로 가슴속에는 두 개의 영혼이 살고 있다고 주장했었다. 자신의 경우에는 검고 나쁜 영혼이 지배한다는 사실을 그가 증명했다. 그 어떤 국가도 이러한 인간과는 상종을 하지 않는다. 이러한 인간을 자유롭게 풀어주면 걱정이 끊일 새가 없었다. 이

시인 역시 예측 불허의 위험 인물임을 스스로 입증하였다. 그런 사람을 이탈리아로 보낸다고? 말도 안 돼! 그는 우리를 삐딱하게 바라볼 수 있는 것을 공개적으로 떠들고 다닐지도 몰랐다. 안 되지, 안 되고말고!

내가 아직 적절한 말을 찾는 동안 그는 벌써 웃옷의 단추를 잠그고 모자를 썼다. 그는 더 이상의 성과를 기대할 수 없기 때문에 대화를 그만두겠다고 설명했다. 그는 자신이 무엇을 암시하는지 내가 이해하겠지만 바이마르에서 수도의 숙명과 다방면의 노고를 극복하고 싶다고 말했다. 내가 고개를 설레설레 흔들자 그것이 그에게는 의사 표시와 함께 작별로 받아들여졌다. 우리 편이 아닌 사람은 우리의 적이다. A에게 말했던 사람이 갑자기 F에게서 트집잡는 일을 시작할 수는 없다. 실제의 알파벳은 사실이 그렇듯이 다름아닌 '이제 그만!'이라는 것이다. 그는 문가에서 다시 한 번 무성의하게 인사를 했는데 그러한 태도가 나를 또다시 두려움에 몰아넣었다. 그는 이전의 더러운 요구를 막무가내로 반복할 것 같았다. 다행히도 그는 그것을 그만두었고 나는 힘을 내 그의 뒤에서 소리쳤다. "그것은 국가에서 필요로 하는 것이 아니오!" 그는 문을 잡아당겨 닫았고 나로 하여금 잠시 그의 인품과 관련한 이런저런 생각에 잠기게 만들었다. 이러한 거칠고 지저분한 공격성이 시인의 핵심이다!

나는 그와 곧 다시 이야기하게 되리라고는 예상치 못했다.

오히려 내가 그쪽에서 사과를 해오기를 기대한 다음번 만남까지는 수개월이 걸릴 것이라고 추측했었다. 하지만 일주일이 지났을 때쯤 그는 벌써 나의 사무실에 나타났다. 그러나 사과와는 전혀 관계가 없었다. 그는 몸이 더 홀쭉해지고 잠이 부족해 피로해 보였지만 전반적으로 완전히 변해 있었다. 마치 지속적으로 요정들과 씨름한 듯한 그의 모습은 그가 나에게 마지막에 보여준 것과는 전혀 다른 것을 기대하게 만들었다.

나는 내가 그를 위해 해줄 수 있는 일이 무엇인지 물어보면서 운을 뗐으며 이 제2회전도 나에게 유리하게 끝낼 심산이었다. 그러나 그는 나에게 새로 종이 한 장을 내밀면서 이것을 여러 장 복사하여 모든 관계자들에게 보냈다고 설명했다.

"그것은 금지된 행위입니다!" 내가 깜짝 놀라 소리쳤다. 사람들이 나에게도 그러한 종류의 활동에 대한 책임을 물을지 모른다는 예감이 들었기 때문이다. 종이 위로 시선을 던지자마자 그의 글이 나와의 대화 내용을 정확히 담고 있다는 것을 알게 된 나는 경악했다. 나는 당황했다. 게다가 그는 자신이 기술한 사건 진행의 결론 내지는 요지가 글의 마지막 부분에 씌어져 있다는 말을 덧붙였다. 나는 더 이상 읽을 엄두가 나지 않았다. 그러자 그는 나의 저항을 눈치챈 듯 스스로 자신이 지금 요구하는 바를 읊어댔다. 그는 사실 그대로

"요구한다"고 말했다. 마치 늙은 기능장 혹은 어떤 마법사가 그에게 우월한 지위를 부여한 것 같았다.

그는 출국을 요구했다!

내가 목쉰 소리로 "맙소사, 도대체 어디로?"라는 말을 내뱉자 그는 나에게로 몸을 굽히고 "레몬 꽃이 피는 나라를 모른단 말이오?"라고 물었다.

더욱이 그는 그리스 원본을 본뜬 로마 조각품들을 포함하여 (나는 머리가 어지러웠다) 모든 가재 도구를 지니고 티쉬바인 씨 곁으로 이주하려는 계획을 갖고 있었다. 나는 심하게 얻어맞은 듯한 기분이었으며 공무원 생활을 시작한 후 처음으로 할말을 잊었다.

전에 없이 기분이 좋아진 G.는 심지어 알프스 저쪽의 겨울에 요긴하게 쓰려고 골방에서 꺼낸 주철 난로를 비롯하여 모든 집 안 물건들을 이미 상자에 포장해놓았다고 말했다. 그는 현재 출국 신호만을 기다리고 있다는 것이었다!

나는 그의 성급하고 나중에 후회할 것이 분명한 결정에 대한 유감을 표명하려고 시도했지만 뜻대로 되지 않았다. 나는 그의 의도가 견습생에 관한 자신의 시와 어떤 관련이 있는지 물어보았다. 고개를 갸우뚱하면서 그는 자신이 무엇을 암시하는지 내가 알아듣겠지만 마지막 물방울로 인해 통이 넘쳐흐르게 되었다고 설명했다. 그는 그러나 나를 비난하고 싶지는 않다고 말했다. 단순히 생물학적으로 관찰해볼 때 나는 단지 실행 기관에 지나지 않는다는 이유에서였다. 그는 심지어 나와 악수를 한 후 자신이 새로 태어난 것같이 느낀다고 고백했다. 그 어떤 경고나 질책도 이제는 소용이 없음을 나는 명확하게 깨달았다. 나는 우리들의 유일한 공동 작품이 정신과 권력 사이의 대립을 최종적으로 극복한 사실을 후세에 전하는 대신에 망각의 제물이 될 지경에 이르렀다는 점을 정말 슬픈 마음으로 그에게 상기시켰다. 태곳적부터의 간극을 극복하고 그럼으로써 미래를 위한 효시로 삼을 일이 거의 성사될 뻔했었다. 나는 G.와 손을 맞잡고 불멸의 세계로 들어갈 수 있을 것 같았다. 그러나 운명은 다른 결정을 내렸다. 평범한 관공서 책임자는 자신의 의무를 다해야지 죽음에 손을 내밀어서는 안 된다.

러브 스토리—메이드 인 DDR[1]

단지 일시적인 현상일 뿐이다. 그러한 사건은 달리 표현할 방도가 없다. 이때 '사랑'이라는 단어는 거론하지 않는 게 더 좋다. 그 단어는 반복되는 전염병을 상기시키는 산발적이고 어중간한 감정을 표현하기에는 너무 크다. 비록 몇 시간 전만 해도 전혀 생각하지 않았지만 사랑에 대한 맹세나 확약 없이 단지 침대에 나란히 누워 있다는 말이 더 정확하다. 안 그렇소, 클레레(그녀 이름은 클레레가 아니다)? 아니면 당신 생각은 어떻소?

그러한 질문에 대답하려면 먼저 담배에 불을 붙여 물어야 한다. 시간도 벌고 곰곰이 생각하는 한편으로 걱정을 떨쳐버리기 위해서다. 불꽃이 꽃무늬 누비이불이나 혹은 성냥을 집을 때 옆으로 드러난 가슴에 지워지지 않는 문신을 새길지도 모른다. 담배를 몇 모금 피운 다음에 클레레는 동의를 표한

---

1) 독일인민공화국(동독)의 약자.

다. 그녀는 오늘날 사람들이 은근한 수작을 걸 때 '고용 관계를 사적인 영역으로 연장'시킬 수 있는 경우에만 마음을 터놓고 가까워진다는 점에서 과거에 비해 진보가 이루어졌다고 강조한다. 이때 그녀는 감정을 상할 수도 있겠지만 그 따위 것은 너무 '유치하다'고 말한다.

그가 방의 천장을 향해 질문을 던졌던 반면에 그녀의 대답은 그에게 곁눈질로 상대방을 훔쳐보도록 강요한다. 그녀는 역설적으로 말한 것일까? 그러나 그는 자신이 상급자 위치를 악용했다는 비난은 양심을 걸고 부인할 수 있다.

"내가 그것을 필요로 한다고 믿지는 않겠지, 클레레?! 정반대야. 내가 국장이라는 사실과 상관없이 나는 같은 부서 내에서 성적인 관계를 맺는 것에 반대하는 입장이야……" 그러나 자신이 어색하면서도 단호하게 거부했던 일이 이미 벌어진 것에 대해 그는 더 이상 신경을 쓰고 싶지 않다. 14일 전에 클레레는 그에게 여비서로 '배당되었다.' 조그마한 기적과 같은 일이었다. 왜냐하면 이 직종은 몰락했기 때문이다. 일상화된 결핍의 체제에서 여비서 수는 공식적으로 발표된 사실보다 더 빠듯했다. 그리고 그가 지금까지 겪어본 모든 여비서들은 무뚝뚝하고 퉁명스럽거나 상전이라도 된 듯이 도대체 꿈쩍도 하지 않았다. 2주일 전 오늘까지는 그 누구도 역설적인 분위기를 풍기지 않았다. 아마도 그것, 즉 유머를 지닌 실용적 태도가 그의 마음을 끌었다. 그들 두 사람은 곧 구내 식당에서 함께 야채를 곁들인 생선 필레[2]를 먹었다. 실체도 없는 애정 관계를 위한 특이한 서막이었다. 그녀가 물자 조달 부서의 그에게 배치된 것은 행복한 숙명이라고 할 만했다. 직접 두 손가락으로 타이핑해야 하는 다른 국장들은 그 때문에 그를 부러워했다. 그는 원래 행운아였다. 그는 자신도 모르게 오른손으로 침대 모서리를 더듬다가 넷째 손가락 마디로 나무를 소리 없이 두들기며 '너무 좋아하다가 큰코다칠라!' 라고 생각할 정도였다. 정말 여비서는 시골의 황새처럼 찾아보기 힘든 세상이 되었다. 이러한 비교가 어떤 연상 작용에서 나왔는지는 다음과 같은 생각이 떠오르기가 무섭게 명확해졌다. 즉 결과론적인 원칙에 따르면 인류가 파멸할 우려가 있는 사건이 끝난 직후에 이미 그는 한참 동안 그녀 자신은 어떻게 이러한 결과를 방지할지에 대해 곰곰이 생각해보았다. 그는 물론 이전에 그것에 대해 생각해본 적이 없었다. 그러나 더 이상 독서를 포기할 정도로 지루한 책에 나와 있듯이 '열정이 사그라진' 순간에 가령 피임약을 먹었는지 혹은 은어로 '죽음의 리본' 이라고 불리는 플라스틱 피임 기구를 착용했는지를 단도직입적으로 묻는다는 것은 그에게 너무 싱겁고 사무적인 기분이 들게 했을지도 몰랐다. 이것은 이러한 시간에는 어울리지 않았을 것이다. 적어도 자

_____

2) 생선의 뼈를 발라내고 껍질을 벗긴 토막 고기.

신의 상상과는 거리가 있었다. 그는 클레레를 충분히 알지 못했다. 일반적으로 알려져 있듯이 여자들은 맨 처음에 특히 예민했다. 그러한 질문이 비록 자기 자신이 아니라 그녀를 염려하는 취지에서 나온 것이라 할지라도 신뢰할 만한 고마움을 표현할 수 있을지 그는 두려워했다.

그녀가 몸을 반쯤 가린 채 그의 옆에 밀착하여 누워 있던 탓으로 그는 그녀의 피부가 오락을 위해 물위에 설치한 고무로 만든 동물의 차갑고 부드러운 표피 같은 낯선 느낌을 받았다. 넌지시 열린 그녀 입에서는 담배 연기가 불규칙한 간격으로 뿜어져나왔다. 그것은 마치 그가 그 의미를 파악할수 없는 인디언의 연기 신호 같았다.

"물론 나는 피임약을 먹어요, 이 어수룩한 사람아!" 언뜻 보기에 조롱하는 듯한 호칭을 사용함으로써 그녀는 원치 않은 후손에 대한 그의 불확실한 생각을 중단시켰다. 그녀는 동시에 자신감의 결과인 우월감을 최종적으로 확고히했다. 그 표현은 알몸에 개의치 않고 자리에서 일어서는 것으로 나타났다. 그녀가 다리를 침대 모서리 위로 날렵하게 내뻗기 전에 앉은 자세를 취한 순간에 드러났듯이 그녀 또한 더 이상 청춘이 아니었다. 가슴을 배가 떠받치고 있듯이 살찐 몸매를 지닌 그녀는 결코 의식적으로 뻔뻔스럽지는 않았다. 침실 문을 열고 나가는 그녀의 뒷모습을 바라보는 그의 시선에 비친 엉덩이도 단지 '인간적인 그 어떤 것도 나에게는 낯설지 않아요!' 라고 선언하는 듯했다.

그 사이에 그는 자신의 창백한 허벅지를 엉겁결에 이불 속
으로 밀어넣고 등을 문 쪽으로 향한 자세를 취했다. 그는 작
은 양탄자 위에 놓여 있던 팬티를 집어들고 아무도 쳐다보지
않았지만 일어서면서 엉덩이를 살짝 들어올리며 급히 걸쳤
다. 그는 이처럼 발가벗은 몸으로 낯선 환경에 머물러 있다
는 수치스러움의 감정에서 자유롭지 못했으며 이러한 감정
에서 벗어날 수 없다는 사실에 이중으로 창피했다. 여보게,
그 어떤 주체성도 없네 그려. 그는 벌써 화가 나기 시작하여
옷을 더욱 빨리 입었다. 그는 자신의 마음속에 이미 세세한
부분들이 자리잡기 시작한 그녀가 바깥의 욕실에서 즐겁게
노래하며 물 속에서 첨벙거리는 소리를 들었다. 그녀의 눈
색깔은 어떠했더라? 손의 형태는? 그녀는 대체 누구였지?
그의 편지를 대필하며 문법적 오류를 티내지 않고 교정하는
40세가 넘은 여자. 더 나은 학교 교육을 받았더라면 그도 물
자 조달 부서의 형편없는 자리에 앉아 있지는 않았을 것이
다. 그녀의 재치에 대해 그는 항상 고마워했다. 그녀의 저녁
식사 초대를 받아들였을 때 그가 진수성찬뿐만 아니라 실제
로 벌어진 일을 염두에 두고 있었다는 점은 확실했다. 따라
서 그는 제대로 처신했었다. 아마도 그의 독일어 실력은 특
별히 좋지 않았지만 심리학 실력은 나쁘지 않았다. 이것은
물자 조달에도 도움이 되었다. 마지못해 하는 공급업자들과

어떻게 협상하고 언제 그들을 공략해야 할지를 정확히 알고 있기 때문이었다. 하지만 그녀를 떠나기 전에—떠난다는 말은 매우 불길한 표현이다—그는 그녀가 애정을 구두로 확인해주기를 요구하거나 난처한 질문을 할지도 모른다는 두려움이 앞섰다. 이 난처한 질문은 영화나 텔레비전에서는 항상 자연스럽게 들리지만 허구를 벗어나면 가혹한 어조를 띠게 마련이며 말하는 순간 모든 리얼리티는 실패한 아마추어급 상영 수준으로 떨어졌다.

하지만 본명이 클레레가 아니며, 지금은 영원처럼 느껴지는 지난 2주일 동안의 시간 속에서 언젠가 소위 시대 정신과 부모 사이의 일치에서 나온 잔재인 에리카 혹은 안네마리가 본명이라고 말했던 클레레는 그의 소극적인 작별 인사를 다정하게 받아들였다. 그는 그녀에게 키스할 엄두를 내지 못했다. 유종의 미를 거두기 위한 그의 감정 표현을 그녀가 일종의 간청으로 오해할지도 모른다는 염려에서였다.

그럼 내일 보자고, 내일 아침 사무실에서! 내일 저녁에는 내 집에서 보지. 당신은 독신자들도 요리할 수 있다는 것을 알게 될 거야! 플라텐 호숫가에서 보낸 휴가 때 배운 정통 헝가리식 굴라쉬[3] 요리가 내 특기야…… 아무런 의미도 없는 장황한 말로 그는 그녀를 휘감아 붙들고 꼼짝못하게 함으

---

3) 후추를 친 쇠고기 스튜.

로써 실제로 존재하는지는 그 자신도 모르는 위험을 막으려고 한다. 그녀는 이 모든 것에 대해 미소를 짓는다. 하지만 복도의 어스름 속에서 확연히 더 커지고 그 때문에 더 새까매진 그녀의 동공은 침착한 얼굴 표정과 어울리지 않는다. 이러한 모순은 그가 거리로 나서서 집으로 돌아오는 도중에서뿐만 아니라 심지어는 사면이 벽으로 둘러싸인 자신의 방으로 들어온 뒤에도 계속 신경을 쓰게 만들었으며 더욱 불가사의했다. 그의 기억 속에서는 자신의 의지와는 반대로 이러한 독특한 표정이 지속적으로 재생산되었다. 이를 통해 그 표정은 억측에 기인한다는 판단이 내려졌다. 이 억측은 어느 정도의 개연성을 지니고 있을 경우 원래 그의 내면의 긍지를 불러일으켜야 할 것이었다. 그녀의 표정을 해석하려는 모든 시도는 다음과 같은 결론으로 끝났다(인간의 눈은 거짓말을 하지 않기 때문이다. 가정 교육을 통해 이것을 배운다. 나를 쳐다봐, 하인츠, 눈을 깜박이지 말고!). 즉 그녀의 시선은 그녀의 입이 조심스럽고 사려 깊은 마음에서 침묵하고 있는 것과 일상 속에서 표현 불가능하게 되어버린 것을 설명했다. 이러한 거역하기 힘든 결론과 함께 국장은 불안한 마음으로 잠이 들었다.

　여느 아침과 마찬가지로 세수, 면도, 양치질 등을 하기 전에 자신을 살펴보니 밤새도록 잠을 잔 사람 같지 않고 남의 눈을 피해 편력을 하고 돌아온 듯한 느낌이 든다. 의기소침하여 거울을 쳐다보고 얼굴이 부은 것을 발견한다. 수면이 외모를 가꾸는 데 좋다는 것은 널리 알려진 사실이다. 나에게 그것은 어쨌든 헛수고다! 체념해서가 아니라 객관적인 의미에서 하는 말이다. 즉 나이가 너무 많다. 반면에 수염을 미는 면도날 밑에서는 익숙한 모습이 오늘따라 평상시보다 더 커다란 만족감과 함께 되살아난다. 어째서 여자들은 이 무난하고 견실하게 균형 잡힌 얼굴에 매력을 느끼지 못하는 것일까? 믿음직한 용모에 신뢰를 가리키는 진지함 등등. 듬성듬성한 머리카락은 오히려 이러한 인상에 힘을 실어주었다. 그는 이러한 인상이 클레레를 움직여 어제 저녁 두 사람 사이의 모든 일이 일어나게 만들었다고 생각했다. 결국 그녀는 그가 이것을 눈치채지 못하게 할 수도 있었을 것이다. 헤어질 때 그녀는 매우 소극적이었다. 어제의 자아와는 반대로 지금에 와서 하는 말이지만 '애정 어린 말' 한마디 정도는 그가 바랐는지도 몰랐다. 이것이 아니더라도 어쨌든 그의 자의식은 지난 12시간 동안 이례적인 모습을 보여주었다.

그는 판지로 만든 차체에 겉모양이 둥근 소형차에 올라탔지만 정장과 외투로 인해 공간이 협소해지는 바람에 핸들과 의자 등받이 사이에 몸을 집어넣기가 힘들어졌다. 이때 그는 자기에게 유리한 순간에는 개성으로 여겨온 육체가 자신도 모르는 사이에 칭찬과 질책을 받아 마땅하다는 점이 입증되었음을 눈치채지 못했다. 칭찬이나 질책이 상관없는 부분에서는 내적인 불안이 생겨났다. 이해를 구하려는 그의 노력은 그러나 기억력이 남몰래 과거를 왜곡하는 결과를 가져왔다. 그럼으로써 기억력은 양자 택일적인 도식에 적합했고 납득이 된 상태에서 정리될 수 있었다. 그렇다. 그녀는 나를 좋아하며 단지 수줍음 때문에 그것에 대해 아무 말도 하고 싶지 않았던 것이다! 하지만 이것은 애써 얻은 설명과 모순되었다. 수줍은 사람치고는 그녀는 상당히 빨리 옷을 벗으면서도 전혀 주저하지 않았다?! 누군가가 여자들을 이해한다면 그의 아버지는 이미 확신했고 아들에게 적절한 관용구를 고민에 대한 탈출구로서 물려주었었다.

사무실에서는 더 이상 그런 종류의 문제에 신경 쓸 시간이 없었다. 종이 할당량이 벌써 다시 감축되었기 때문이다(20% 감축—정신나간 짓이다). 이것은 생산 계획을 혼란에 빠뜨리고 수출 주문을 충족시키지 못하게 만들지도 몰랐다. 예정된 목표를 달성하기 위해서는 기존의 종이를 가지고 어떤 방식으로든 '곡예를 부릴' 수밖에 없었다. 피할 수 없는 재앙으로 표현되는 이러한 '사실'은 클레레를 직업적인 기능에만 충실하도록 만들었다. 그래서 그는 대필이 필요한 수많은 급한 편지들 사이에 '오늘 저녁 내 집에서!'라는 짧은 글귀만을 집어넣었다.

점심 시간에 그는 늦장을 부린 탓에 잠시 자리를 찾아 헤맨 다음에야 한곳을 발견했다. 이때 그는 홀의 맞은편 문가에서 클레레가 이제까지 상상조차 못 했을 정도의 격렬한 태도로 어떤 동료와 이야기하는 것을 보았다. 그 동료는 불명확하고 문제가 된 사태를 정확하게 드러내지 않는 소문들의 내용을 수상한 행위로 간주하는 인물이었다. 물론 그러한 소문은 오류에 기초할 수도 있었다. 그러한 일은 생기게 마련이었다. 하지만 당사자는 그 자신이 전혀 예감하지 못한 불명예에서 다시 빠져나오지 못했다. 하인츠는 그러한 귀엣말이 한편으로 실제로 존재한다기보다는 명예직에 있는 더 많은 숫자의 직원들을 기만하고, 또 다른 한편으로 개별 인물들에 대해 인위적으로 만들어진 불신을 통하여 이들과의 접촉을 방해하기 위해 계획적으로 조정되고 있지나 않은지 자주 숙고해보았다. 그는 자기 자신이 일반적으로 잘못된 추측의 희생양이고 이것이 자신을 불안하게 만든다고 상상해보았다. 그 어떤 부인도 다른 사람들이 꺼리는 행위를 하고 있다는 추가적인 고백과 동일할 것이다. 그 사람 주위는 더 이상 숨을 쉬지 못하는 진공 상태가 될 것이다. 보이지 않는 경계선이 흐르는 이쪽 편과 저쪽 편 사이에서 어느 한쪽과의 부실한 관계는 참을 수 없는 고립을 의미했다. 그래서 고립을 자초하기 전에 소문을 이용하여 잠재적인 첩자를 그러한 고립 속으로 밀어넣는 것도 타당한 일이었다. 아마도 그들은 그 다음에 다시 어느 집단에 소속된 것에 대해 기뻐했다. 그러나 클레레가 앞서 말한 동료와 구내 식당 문과 돌쩌귀 사이에서 토론한 내용은 가령 식권이나 할인 휴가 여행권에 관한 것처럼 별것 아닐 수도 있었다. 하지만 그녀가 나중에 종이 묶음과 연필을 들고 다시 그의 책상 앞에 앉았을 때 그는 그것에 대해 물어볼 수는 없었다. 그는 이제 막 고용된 그녀에게 대화 파트너의 역할, 아니 자신이 기대하는 역할에 대해 설명했어야 했다. 그것이 그에게 거부감을 주었다. 그것은──실제로 아무 죄도 없을 경우──판결과 똑같을 것이기 때문이었다. 간단히 "조심해요. 괜히 구설수에 오르지 말고!"라고 말하는 것은 불가능했다.

근무가 끝나기 얼마 전 그가 클레레의 방에서 마지막으로 타이핑한 편지들을 가져오려고 복도를 가로질러 갔을 때──그는 클레레를 호출하고 싶지 않았다──거기에는 아무도 없었다. 책상 한가운데에는 삭막하고 실용 본위의 공간에서 개인적인 생동감의 유일한 표시로서 그녀의 핸드백이 놓여 있었다. 핸드백 뚜껑은 숨어서 먹이를 기다리는 개구리의 몸통 없는 입, 혹은 누군가에게서 절단 수술로 떼어낸 말없는 목구멍처럼 열려져 있었다. 그것은 그 안에 손을 집어넣어주기를 기다리는 것 같았다. 그는 거기에 서서 이것이 아마도 확신을 얻은 최초이면서 유일한 순간임을 예감했다. 그러나 무엇에 대한 확신이란 말인가? 그는 클레레에게 그 어떤 것도 내맡기지 않았었다. 아니면 자신도 의식하지 못하는 사이에 그랬던 것일까? 유독 자신만이 별다른 상황이 없는데도 여비서를 쓰고 더 나아가 적막한 저녁 혹은 밤을 그녀와 함께 보낸다는 은밀한 의구심을 지속적으로 억눌러왔다는 자기 고백이 몸 전체에 불쾌한 열기를 퍼뜨리는 계기가 되었다. 그는 들키지 않기 위해 급히 밖으로 나와 복도를 따라 걸었다. 자신의 방으로 돌아와 문고리를 잠근 다음에야 그는 이마를 닦았던 손수건을 여전히 손에 들고 있는 것을 확인했다. 다시 책상 뒤의 의자에 쭈그리고 앉은 다음에 그는 자신이 우스꽝스럽다는 생각이 들었다. 도전적으로 보였기 때문이지 소유자의 악의를 찾아볼 수 없는 핸드백에 대한 그의 반응은 얼마나 지나쳤던가. 문제가 된 것이 그를 뒤흔들어 절대적으로 안심시키기 위해 특별히 머리를 짜내 생각해낸 술책이 아닌 경우라면 말이다. 곧 그는 자신이 바보 같다고 생각했다. 도대체 누가 그에게 관심을 갖는다는 말인가? 너는 비밀들을 지켜야 하는 위치에 있지 않아. 너는 네가 조심스럽게 분할하여 할당한 자료에 관한 장부를 관리하면 그만이고 허깨비만 보지 않으면 돼! 이른바 블랙박스인 너의 양심은 네가 그 안을 뒤적여보더라도 깨끗하고 화학적으로 순수해. 기억해보면 그 존재를 잊어버린 탓에 설문서에 기입하지 않았을 정도로 먼 친척이 살고 있는 쾰른에서 온 편지가 문제된다는 것은 생각할 수도 없어. 전쟁이 끝난 후 언젠가 한 번 그를 만난 적이 있었다. 현재 행정장관이라고 자칭하는 이 남자는 전체 독일을 생각하는 마음이 발동하여 동포애적인 글 몇 줄을 써보냈다. 그 쓸데없는 종이를 그는 받자마자 내버렸었다. 그에게 이것이 이제는 실책이었던 것처럼 보인다. 간접 증거를 없애버림으로써 마치 그가 부정 행위를 덮어두려고 했던 것 같은 인상을 준다. 아니면 이 밖에 그에게 책임을 지울 일이 무엇이 있겠는가? 그리고 다른 사람이 이 편지에 대해 어떻게 알겠는가?

이것은 7개의 성문을 지닌 테벤을 건설한 인물만이 대답할 수 있는 질문이었다. 거의 들리지 않는 목소리로 비웃듯이 반복하여 '어떻게?!'라는 말을 할 때의 정신 상태를 나타내는 몸짓은 저도 모르게 어깨를 으쓱하며 손을 들어올리고 눈썹을 치켜올리는 것이다. 그런 식으로 감독은 배우들에게 절망적인 깨우침에 대한 표현을 요구하며 이러한 요구는 정당하다.

다섯시. 이제 더 이상 골머리를 앓을 필요가 없다. 초과 근무를 하는 사람에게 그 누구도 이에 상응하는 보수를 지불하지 않는다. 그것은 휴식 시간으로 상쇄될 수도 없다.

약속했던 따뜻한 저녁 식사 대신에 그는 소시지를 얹은 빵을 대접했다. 늦게 집으로 돌아오는 바람에 요리할 형편이 되지 못했던 것이다.

"모든 여자들이 이런 식으로 행동하게 된다면……"이라는 말로 클레레가 검소한 저녁 식사에 대해 논평했다. 그녀는 하지만 이런 종류의 반가정 주부적인 태도가 어떤 결과를 가

겨올지에 대해서는 설명하지 않았다. 아마도 모든 남자들은 굶어 죽든지 혹은 어차피 하게 되겠지만 이혼할 것이다. 그러한 진부한 말이 상대방의 기분을 북돋워주지는 않는다. 그러기 위해서는 리슬링 백포도주의 도움을 받아야 했다. 지나칠 정도로 한참이 지나서야 이전의 원만한 상태로 돌아갔다. 긴 소파 위에 앉아 있는 자기 곁으로 오라는 제안에 그는 군말 않고 따랐다. 그녀가 오늘 특별히 그를 위해 새로운 브래지어를 차고 있다는 사실은 그 이전의 대화에서 벌써 그에게 전달되었었다. 그것이 '승리' 제품이라는 건 당신도 이미 알고 있지요. 최고예요! 수입품이거든요! 매우 비싸요! 그는 자신에게 부과된 명예를 존중하기 위해 긴장한다. 그는 물건을 만져보고 디자인과 원단을 감정해야만 했다. 그는 또한 여기서는 그런 것을 백년이 지나도 만들지 못하리라는 말을 들어야 했다. 이것은 미래에 관한 한 그다지 낙관적으로 들리지 않았다. 그러나 브래지어의 생산을 사회 질서의 기준으로 삼을 수 있을까? 그녀는 그가 자기와 마찬가지로 생각하리라고 생각했을까? 그녀는 즐거움을 넘어선 유대 관계를 위해 노력했을까? 도대체 이전보다 서로가 더 가까워질 수 있었을까?

"하인츠, 당신은 살기 위해서…… 올바로 살기 위해서 무엇을 원하고 필요로 하는지 누군가가 언젠가 당신에게 질문……" 이것은 이제 그도 아는 것처럼 질문에 집중하려는 듯이 시선을 허공으로 향한 상태에서의 양심에 대한 탐색이다. 그러나 당사자는 아무리 생각해보아도 양심에 꺼릴 것이 없다. 억눌러서 마음속에 가둬둔 것이 갑자기 튀어나올 리 만무하다. 단지 청소년 시절부터 시작하여 세월이 지나면서 닳고 닳아 언젠가 존재했다는 흔적마저 희미한 어떤 것이 반사되어 남아 있을 뿐이다.

상대방과 실랑이를 벌이면서 그는 이 질문뿐만 아니라 아마도 계속 이어질 질문들에서도 빠져나온다. 이러한 분위기 전환은 성공한다. 그의 손가락이 매끄러운 젖가슴 위에서 통제 불능의 동작을 기계적으로 계속하는 동안 그는 상황에 어울리지 않는 주의력으로 그녀의 왼쪽 관자놀이 옆에 눌려서 망가진 한줌의 머리털을 응시한다. 늘어진 귀 윗부분에 있는 그것은 안락의자 속을 채우는 밀짚과 엇비슷하다. 그가 분명히 이전에 눈치채지 못했던 이 광경이 그의 마음을 뒤흔들었다. 언젠가 예방의학 박물관에서 본 밀랍 인형이 생각났다. 거기에는 수많은 남녀 형상들이 전시되어 있었다.

동시에 그는 그녀의 손이 자신의 몸을 더듬는 것을 느꼈다. 그러나 점점 조급해지는 조작이 행해지는 대상은 그가 아닌 것 같았다. 다시 말해서 그는 교체되고 모조품으로 대치되었던 것이다. 이 모조품은 기대에 부응하여 흥분하려고 했다. 이것은 물론 원판의 마음과는 동떨어졌기 때문에 실패했다. 이와는 반대로 하인츠 스스로는 클레레가 이러한 교체를 알아차리고 적절한 해석을 할까 봐 걱정이 되었다. 자신의 추측을 떨쳐버리려고 노력하면서 그는 자제력을 잃은 동작을 취하려는 가짜 하인츠를 지원했다. 그 결과는 육체 자체의 거부감에도 불구하고 육체적인 흥분을 서투르게 가장하는 것이었다. 그는 이빨은 없지만 치명적인 외양을 지닌 채 입을 벌리고 있는 핸드백의 양철 뚜껑과 성교를 해야 할 것 같은 상상에서 벗어날 수 없었다.

내가 동물이라면 좋겠다! 뜻이 있는 곳에 길이 있다! 하지만 그러한 관용구들은 삶을 실제로 경험한 사람들에게서 나오는 경우가 드물며 한 번도 절망적인 상황에 빠져본 적이 없는 사람들의 연구실에서 나온다. 그는 육체가 벌써 고백한 것을 시인해야만 할까? 그의 유일한 희망은 이 말없는 고백이 오해되기를 바라는 것이었다. 그는 자신의 육체적인 거부를 말없이 공유하고 있는 그녀에게 신빙성이 있을 만한 이유들을 댔다. 즉 과로, 최근의 물자 삭감으로 인한 짜증, 두통 등이 장애를 일으켰다고 둘러댔다. 하지만 설명을 세세히 늘어놓는 동안 그는 곁에 있던 여자가 미동도 하지 않고 점점 자신으로부터 멀어지는 것을 느꼈다. 그는 그녀가 다시는 자기 옆에 눕지 않으리라는 것을 예감했다. 그가 잡담을 시작한 지 몇 분도 되기 전에 그녀는 일어서서 옷을 입고 가버렸다. 대문이 닫히자마자 그는 냉동고에서 먹다 남은 보드카 병을 꺼내와 마시며 소득도 없이 지치게 만드는 골똘한 생각에서 벗어나고 싶었다. 그는 내일 사무실에서 약간 피곤하고 입이 마르겠지만 그러한 경우를 위해서 구내 식당에는 '맛이 쓴 레몬'이 준비되어 있었다. 그의 여비서는 오류투성이의 편지들을 교정해가며 타이핑하기 전에 그에게 기꺼이 음료수 몇 병을 마련해줄 것이 확실했다. 신뢰를 상실한 가능성들에 대해서는 더 이상 이야기하지 않을 것이다. 모든 것이 앞으로는 잘 굴러갈 것이며 아마도 그는 곧 어째서 그녀의 핸드백 모습이 한때 그를 혼란시켰는지 더 이상 이해하지 못할 것이다.

올림피아 2

'그야말로 갑자기'라는 두 단어로 정확히 특징지을 수 있는 방식으로 그 사건이 일어났다. 여느 저녁과 마찬가지로 빌헬름 츠바르트는 뉴스가 시작되기 얼마 전에 전원 단추를 누르는 자신의 손을 의식하지 못할 만큼 습관적으로 텔레비전을 켰었다. 벌써 초침은 숫자판에서 마지막 바퀴를 다 돌았으며, 철자들이 오른쪽, 왼쪽에서 지나가더니 자막으로 바뀌었다. 곧 이어서 금발의 머리에 투명하게 미소를 짓는 여자 아나운서가 화면에 나타났다. 그녀의 두 눈꺼풀은 보도할 때의 심각한 말과 어울리기에는 약간 애매모호하게 내리깔려 있었다.

츠바르트는 맥주를 잔에 채우고 바지의 허리띠 단추를 끄르며 텔레비전 앞에 자리를 잡으면서 그녀에게 늘 하던 대로 인사를 했다. "안녕, 이 예쁜 것아!" 하지만 그가 안락의자에 앉자마자 그녀는 시뻘겋고 가장자리가 날카로운 입술을 벌리며 다음과 같이 말했다.

"안녕하세요, 츠바르트 씨!" 이어서 그녀는 첫 뉴스들을 낭독했다.

츠바르트 씨는 닳아 해진 방석에 쭈그리고 앉아서 맥주 잔을 든 손을 반쯤 올린 채 미동도 하지 않았다. 그가 최근 몇 년 동안의 기억을 되살려보아도 지금처럼 자신과 관련된 이 순간만큼 오랫동안 몰두하고 귀를 기울였던 적은 없었다. 그는 입도 대지 않은 맥주 잔을 옆에 있는 흡연용 탁자에 올려놓았다. 긁힌 데가 많은 탁자 판은 병 밑바닥 크기의 원형 자국으로 뒤덮여 있었다. 이것은 고독의 고고학을 위한 결정적인 단서였다.

늘 똑같거나 똑같은 종류이며 탐욕스러운 시선으로 서둘러 시체들을 훑어보게 마련인 비행기 추락 사고의 사진들이 화면에서 사라진 뒤에 여자 아나운서가 다시 등장했다. 츠바르트는 몸을 똑바로 세우고 불안한 목소리로 물었다.

"이봐, 나한테 뭐라고 하지 않았어?" 그녀가 특별한 미소를 드러내는 바람에 츠바르트는 응답을 해야 할 것 같은 충동을 자신의 입 언저리에서 느꼈다. 어조도 안 바뀐 목소리가 텔레비전에서 흘러나왔다.

"물론이지요, 츠바르트 씨!"

"그렇다면 말을 놓은 것에 대해서는 사과를 드립니다!" 그녀는 동의하듯이 그에게 고개를 끄덕이고는 브레멘 시의회 선거 결과에 대해 보도했다. 츠바르트 씨는 그녀가 그의 말을 들을 수 있다는 것을 이해하지 못했다. 이 밖에도 그에게 직접 이야기하다니! 그것이 과연 가능한 일일까? 그는 자신의 기술적 지식이 형편없고 시대에 뒤떨어진다는 점이 마음에 걸렸다. 사람들은 하루하루 눈앞에 벌어지는 일들을 더 이상 이해하지 못했다. 라디오의 발명조차도 당시에 그에게는 수수께끼 같았다. 엄청나게 멀리 떨어진 곳에서도 바이올린 연주나 강연을 들을 수 있다는 것이 신기하기만 했다. 이처럼 무시무시한 사실이 자신을 불안하게 만들지 않은 것을 그는 바이올린 콘서트와 강연에 대한 무관심 덕분으로 여겼다. 그러나 지금 그는 멀리서 상대방을 보고 있을 뿐만 아니라 상대방도 그를 보고 있지 않은가! 가벼운 수성박층(水性薄層)이 그의 이마에 나타났다. 혼란스러운 상태에서 직접 전자 모나리자 앞에 앉아 있는 것이 그에게는 충격으로 다가온 때문이었다. 눈에 띄지 않기를 바라면서 그는 하복부가 밖으로 삐어져나오게 만드는 벌어진 부분을 오므리기 위해 바지 허리띠를 살짝 잡아당겼다. 그러나 동시에 그는 그것이 헛수고라는 것을 너무나 잘 알았다. 앉은 상태에서는 그 일을 해낼 수 없었다. 여자 아나운서가 몇 초 동안 오트볼타[1] 대통령에게 자리를 내준 사이에 츠바르트는 벌떡 일어나 '옷을 제대로 입었다.' 이것은 예전에 공중 변소의 대부분 파손

---

1) 서아프리카의 국가.

되고 눈 높이에 부착된 에나멜 표지판에서나 볼 수 있음직한 광경이었다. 마음을 진정시킨 그는 다시 자리에 앉았다. 이제 그는 그녀가 다시 나타나 인상적인 푸른 눈을 자기에게 향하더라도 부끄러워할 필요 없이 자신의 모습을 그녀에게 드러낼 수 있었다. 하지만 그녀는 기상도와 영화를 보여주기 전까지 더 이상 그에게로 돌아오지 않았다.

츠바르트는 다음 90분 동안 누구의 간섭도 받지 않는다는 것을 인식하고는 욕실에 가서 면도를 했다. 어제 아침에 이미 이러한 절차를 끝마쳤고 저녁에 하는 면도는 늘 무의미와 속물 근성의 절정이라는 느낌이 들었음에도 불구하고 말이다. 거품 밑에서 그의 뺨, 턱, 주름이 진 목 등이 금방 포장을 뜯은 것처럼 빛에 드러났으며 고령의 특징인 허연 수염 자국에서 해방되어 불그스레했다. 그녀가 정말로 그와 이야기했었다. 츠바르트는 지속적으로 바위도 후벼낼 만한 물방울 같은 자신의 매일매일의 저녁 인사가 어떤 상상 불가능한 경로를 거쳐 그녀에게 도달하여 접수되었다는 확신에 이르렀다. 그것은 경이에 가까웠다. 아니 경이 그 자체였으며 기적이었다. 이것은 분위기에 어울리는 엘리베이터에서 우연히 만난 것과 마찬가지였다.

츠바르트는 장롱 서랍에서 오랫동안 입지 않았던 와이셔츠를 꺼냈다. 와이셔츠의 주름이 지나치게 뻣뻣해서 옷을 입을 때 혹시 그 부분이 부러지지나 않을까 걱정이 될 정도였다. 그 다음에 그는 옷장 앞으로 가서 거울이 달린 문을 열고 옷걸이에서 가장 좋은 정장을 꺼냈다. 츠바르트는 옷감의 검은색을 시간이 지나면서 연한 갈색으로 여겼었다. 그러나 그 것은 거의 알아볼 수 없을 정도였다. 바지를 걸쳐입고 허리띠를 죄었을 때 그는 바지가 작아서 몸에 너무 꽉 낀다는 것을 알아차렸다. 자신은 마치 수십 년 동안 전혀 뚱뚱해지지 않기라도 한 것 같았다. 재킷도 마찬가지로 몸에 죄어서 단추를 채우기가 힘들었다. 그러나 츠바르트는 사물들을 무자비하게 대했다. 그는 발을 구르며 "너희들은 내 것이니까 무조건 복종해야 돼!"라고 말했다. 하지만 그는 신중을 기하기 위해 재킷의 윗단추만 채우고 거울에 비친 자신의 모습을 유심히 쳐다보았다. 거울 속에는 나이가 들어 머리카락이 하얗게 세고 옷을 단정하게 입은 신사가 서 있었다. 그 모습은 '인생의 황혼을 향유하는 사람'이라는 식의 기만적 문구를 곁들인 생명보험회사 선전 광고에서나 볼 수 있는 것이었다. 왜냐하면 츠바르트의 삶에서 향유라는 말은 가당치도 않기 때문이었다. 벌써 인생의 황혼에 대해 말하려고 한다면 늘 그렇고 그런 수없이 많은 시간들을 허물어뜨리는 국면만을 의미할 뿐이었다. 어제를 돌이켜 생각해보면 그 시절들은 올바른 접합점이 없는 조각과 파편에 지나지 않았다. 그 어떤 것도 다른 것과 눈에 드러날 정도로 연결되어 있지 않았다. 모든 것이 뒤죽박죽이었고 앞뒤가 맞지 않았으며 텔레비전 프로그램의 잡탕과 비슷했다.

텔레비전 프로그램! 급히 츠바르트는 넥타이를 매고 좁은 쪽에 아무렇게나 매듭을 만들었다. 곧 그 젊은 여자가 그에게로 돌아올 참이었다. 거실에서 영화의 끝 장면을 알리는 장중한 음악이 고조되고 있었기 때문이다. 그 다음에 그녀가 다시 그와 이야기하게 될 것이었다. 그와 담소하면서 말을 교환하게 될 것이었다. 그녀가 수백만 명의 시청자들 중에서 자신을 선택했다는 사실이 그로 하여금 긍지를 느끼게 만들었다. 맞다. 선택받았다. 그는 그렇게 자신 있게 말할 수 있었다.

하지만 벌써 거실로 돌아가는 도중에 츠바르트는 자신의 선택받음이 가시적인 근거 이상의 것에 기초하고 있다는 생각이 들었다. 그녀가 그를 지명했다는 결론이 나왔다. 그녀는 그의 이름을 어떻게 알았을까? 논리적인 귀결은 그녀가 그에 관한 정보를 수집했다는 것이다. 더 나아가 그의 인물됨에 대한 그녀의 관심은 보통이 아니었음에 틀림없었다. 중대한 이유도 없이 다른 사람에 관해 알아보려고 애를 쓸 사람은 아무도 없었다.

거실로 급히 돌아가는 동안 츠바르트는 서로 모순되는 두 가지 생각과 싸웠다. 그는 재빠른 시선으로 삭막한 거실을 훑어보고는 어떤 장식용 물건으로 그 공간의 황량함을 바꿀 수 있을까 하고 긴장된 마음으로 생각했다. 하지만 이 생각은 여자 아나운서의 숨겨진 동기를 찾으려는 생각에 의해 끊임없이 방해를 받았다. 급한 대로 벽에 그림이라도 거는 게 최선이었다. 침실에서 마터호른[2]이 그려진 유화를 가져오면 되었다. 그녀가 혹시 그의 현존재에 관한 본질적인 어떤 것을 알고 있지만 그것이 그가 아닌 그녀에게만 중요하며 그가 기억하지도 못하는 것은 아닐까? 문제가 된 것은 그에게는 진부하고 중요하지 않은 것과는 달리 다른 사람들에게는 인상적이고 매혹적인 어떤 사건일지도 몰랐다. 다만 그에게는 자신의 인생에서 그러한 종류의 그 어떤 것도 생각나지 않았다. 이 밖에도 닥치는 대로 찾아보았지만 못은 고사하고 망치도 발견하지 못했다. 모든 개인적인 사건들의 남다른 가치를 알기 위해서는 낯선 눈으로 관찰할 필요가 있었다. 그러나 이것마저도 불가능한 것으로 입증되었다. 영화가 끝나면서 크게 울려대는 팡파르가 생각에 빠져 있는 그를 방해했던 것이다. 땀에 흠뻑 젖은 채 츠바르트는 진전된 분위기를 그럴싸하게 보이도록 만드는 데 도움이 될 만한 호의적인 대상이 없는지 황당한 시선으로 주변을 둘러보며 거실로 달려갔다. 최소한 맥주병과 잔은 탁자에서 치워야 했다. 이것들은 평균적인 삶을 드러내는 특징이었다. 그는 탁자 위의 원형 자국 위에 두어 권의 책을 올려놓고 마치 방송에는 무심하고

---

2) 알프스의 산.

그녀가 나타나기만을 학수고대하며 문학 작품을 뒤적이는
척하려고 했다. 그는 흥분한 상태에서 앞뒤를 가리지 않고
불안한 손길로 소장 도서들을 샅샅이 뒤졌다. 괴테. 아, 그렇
지. 괴테는 언제나 무난했다. 괴테 작품은 그 소장자의 정신
적이고 인간적인 건실함을 보증하는 증명서였다. 하지만 괴
테 작품은 또한 소장자의 나이에 대한 주의를 환기시켰다.
오늘날 그 누가 괴테 작품을 읽겠는가? 무조건 어떤 현대 작
품이 그 자리에 놓여서 현재의 의식을 과시해야만 했다. 갑
자기 그는 그녀가 혹시 자신을 좋아하고 있는 것은 아닌지
자문해보고는 속으로 깜짝 놀랐다. 언젠가 색깔이 바랜 책에
서 그는 남들에 비해 더 원숙한 남자들에게만 심지어 마법적
으로까지 매력을 느끼는 아가씨들이 있다는 사실을 읽은 적
이 있기 때문이었다. 그는 급히 책 몇 권을 긁어모아서 책등
이 화면을 향하도록 쌓아놓은 다음 여자 아나운서가 화면에
비치기 전에 자연스러운 자세를 취하는 데 성공했다. 츠바르
트는 안락의자에 앉아 절을 하고 "안녕하세요, 그대여!"라고
말했다. 지금은 자신이 이러한 특별한 만남에 어울리는 인상
을 주었다는 확신이 그를 흥분시켰다.

불가사의하면서도 짜릿한 미소가 다시 화면에 나타났다.
그것은 이전보다 더 약해 보였다. 그의 인사에 대해서는 아
무런 반응도 없었다. 오히려 오락 프로그램에 대한 예고가
고작이었다. 츠바르트가 새로운 접속을 시도하기도 전에 그

녀는 이미 사라져버렸다. 그는 실망했으며 그녀가 이 늦은 시각에 더 이상의 접촉을 하기에는 너무 피곤하리라는 생각으로 스스로를 위로했다. 몸을 일으켜 책들의 등을 알아차리기 전까지만 해도 그랬다. 괴테의 『파우스트』 밑에는 놀랍게도 그가 그 다음의 책을 정확히 가리키기를 원하기도 했듯이 의학박사 이반 블로흐의 『우리 시대의 성생활』이 놓여 있었다. 책 내용을 설명하면서 변명하는 듯한 부제 '현대 문화와의 관계'는 너무 작게 인쇄되어 있어서 화면 안쪽에서는 알아보기 힘들었다.

이런 세상에, 츠바르트, 대체 일을 어떻게 처리한 거야!

빛이 더 밝은 곳에 앉으려는 그의 조급함과 막무가내의 열의가 정반대의 결과를 낳았다. 그는 안락의자에 주저앉아 얼굴을 두 손으로 감쌌다. 어떻게 그런 실수를 할 수 있단 말인가! 그는 자신이 무의식적으로 어떤 꿈을 지어내기 시작했다는 것을 한꺼번에 깨달았다. 그 꿈은 이제 깨어져 산산조각이 났다. 해체되어 방의 어둠이 삼켜버린 그것은 여리고 가벼운 유형이었다.

방송이 끝난 후 흐린 유리판의 불규칙한 깜박거림이 무력감에 빠진 그를 비로소 일깨웠다. 오해를 편지로 해명하겠다는 결심을 하고 그는 자기 자신을 밝히면서 용서를 구하는 문장들을 작성했다. 거기에서 그는 문제가 된 블로흐의 책을 상속받았으며 단지 추모하는 마음에서 집어들었을 뿐이지 결코 읽은 것은 아니라는 궁여지책의 거짓말을 양심도 없이 끼워넣었다. 그는 고차원적이고 이상적인 것과 고상하고 아름다운 것에 대한 자신의 성향을 강조했다. 이것은 그녀, 즉 여자 아나운서가 저녁마다 화면이나 그녀를 향한 그의 인사말에서 무조건 이끌어낼 수 있다고도 했다. 같은 날 밤 새벽녘에 편지를 완성한 츠바르트는 잊을 수 없는 이름 밑에 방송국 주소를 서툰 글씨로 적었다. 그는 새벽의 어스름을 뚫고 거리로 나와 가까운 우체통을 찾아갔다.

매일 아침과 오전 내내 그는 우체부의 둔탁한 발소리에 귀를 기울였다. 단조롭게 뚜벅뚜벅 걷는 소리는 한 번도 그의 집 문 앞에 멈추지 않았다. 매일 저녁 그는 세심하게 면도를 하고 옷을 차려입은 다음 탁자 위에는 서적 대신에 오해를 불러일으킬 여지가 없는 시클라멘[3]을 올려놓고 익숙한 자리에 앉아 항상 정중하고 예의바르게 인사했지만 더 이상 답례를 받지 못하였다. 연결이 끊긴 상태였다. 하지만 츠바르트는 물러서지 않았다. 그는 고의가 아닌 태도상의 실수가 자신의 운명에 결정적으로 영향을 미쳐 여생을 암울하게 보낼 수밖에 없다는 사실을 이해할 수도 없었고 그리고 싶지도 않았다. 그가 자신의 유감스러운 실책을 진실되게 묘사할 수만 있다면 그녀는 그를 용서할 게 분명했다. 이 밖에도 블로흐

---

3) 앵초과 식물.

박사의 연구는 1906년에 이루어졌으며 성에 관해 모든 것을 해부학적인 소견과 생물학적인 표본에 기초하고 있었다. 이 것은 '정욕'으로 표현되는 사건 대신에 차라리 우울하고 누 군가에 의해 운명지어진 사실을 육체적으로 공유하려는 감 정을 전달했다.

그는 심지어 이것을 그녀에게 전하려고 마음먹었다. 그는 마침내 그녀를 방문하려는 채비를 하였고 자신의 말을 되뇌 면서 방송국 회전문의 투명한 회전통을 통해 거대한 규모의 홀에 들어섰다. 아무도 그를 주시하지 않았다. 빌헬름 츠바 르트는 기회를 직감적으로 알아차렸다. 다른 사람들이 똑같 은 크기의 신분증을 손짓으로 알리며 드나드는 것을 본 그는 전차 정기권을 든 손을 암시적으로 들어올리며 수위실을 통 과하는 데 성공했으며 끝이 없어 보이는 석회석 바닥을 가로 질러 갔다. 그는 마치 길을 정확히 아는 것처럼 뒤쪽의 유리 문을 열고 나갔으며 뜻하지 않게도 자동차밖에 없는 방송국 마당에 서 있게 되었다. 그는 방문객들에 대한 무관심으로 인해 질문을 들통내지 않을 만한 운전기사를 상대로 뉴스가 세계로 나가는 공간의 위치를 물어보았다. 낯선 사람들은 창 문도 없는 시멘트 건물에서 자주 길을 잃기가 십상이었고 따 라서 목적지에 대해 물어볼 수밖에 없었다. 그런 이유로 츠 바르트 씨는 곧바로 원하던 정보를 얻어낼 수 있었다.

잠시 후 그는 어느 건물의 여러 개의 철문을 통과한 후 시야를 가리는 흐릿한 불빛 속으로 빠져들어갔다. 때때로 멀리서 둔탁한 망치 소리와 이해하기 힘든 외침이 울려왔다. 그 방향으로 발걸음을 옮기는 츠바르트는 가슴이 점점 더 뛰는 것을 느꼈다. 각목 위에 팽팽하게 펼쳐진 아마포에 숫자와 철자들을 적어놓은 엄청난 크기의 전경도를 보고 찾아간 비좁은 통로에서 그는 아무도 만나지 못했다. 그의 발 앞쪽에는 두꺼운 전선들이 바닥 위에 접착용 테이프로 고정된 채 휘감겨 있었다. 그것의 검은 광택은 파충류의 매끄러운 피부를 연상시켰다. 츠바르트는 최대한 큰 걸음으로 그것을 뛰어넘었다. 그 다음에 그는 세트의 틈새에 서서 천장과 멀리 떨어진 구석이 어둠에 가려 보이지 않는 스튜디오 안을 쳐다보았다. 마침내 찾아낸 공간은 츠바르트가 보기에 자기 자신의 거실과 같은 크기를 차지하고 있었다. 흥분으로 인해 대상들을 거의 분간할 수 없는 무한계성이 그를 엄습했다.

그녀는 오로지 자신만을 향한 빛의 희미한 광채를 받아 성스러운 모습으로 연단 뒤에 앉아 있었다. 부드러운 안면은 츠바르트가 자주 실감나게 체험한 미소를 머금고 있었다. 그는 세트의 방호벽을 벗어나 그녀에게로 비틀거리며 다가가서 최근의 오해에 대한 용서를 빌었다. 그는 그녀가 돌발적으로 일어난 그 사건을 못 본 척해주기를 원한다면서 앞으로 자신과 다시 이야기를 나누면 좋겠다고 말했다. 그는 그녀가 자신에 대한 정보를 통해 잘 알고 있듯이 혼자 지낼 뿐만 아니라 자신의 거주 지역에서 이방인처럼 살고 있기 때문에 다른 대화 상대가 없다는 점도 밝혔다.

중단 없이 진행된 자신의 말에 스스로 감동된 그는 일부러는 아니지만 그럼에도 불구하고 상황에 걸맞게 무릎을 꿇고 간청과 복종이 뒤섞인 자세로 고개를 구부렸다. 따라서 시선은 밑을 향하게 되었으며, 그가 집에서 자주 아쉬워했던 영역이 눈에 들어왔다. 하지만 책상 밑에는 신발, 발, 뼈, 장딴지, 스커트의 가장자리가 닿는 무릎 대신에 나비 너트들에 의해 서로 맞물려 꽉 조여진 몇 개의 알루미늄 막대기와 다양한 색깔의 전선들밖에 없었다. 땅바닥 위에는 소량의 검은 기름 웅덩이가 눈에 띄었다. 곧 이어서 그는 뒤에서 다가오는 목소리들을 들었다. 그는 몸을 더욱 작게 만들어 책상 밑으로 기어들어갔으며 눈을 감았다. 그는 공포에 질려 혈관이 마구 뛰는 뜨거운 이마를 그녀의 서늘한 품에 의지했다.

장례식은 조용히 치러진다

깊은 주름이 잡힌 표정. 모자라는 부분, 즉 연민을 나타내려는 부자연스러운 노력의 결과다. 이처럼 인위적으로 꾸민 각각의 얼굴에 필수적으로 어울리는 것이 공감을 의미하는 악수를 하기 위해 펼친 오른손과 부인이자 배우자이며 아내인 필로브스키 가문 출신의 엘제 쉰가르의 예기치 못한 죽음과 관련하여 서둘러 애도의 뜻을 표하는 가라앉은 목소리다. 홀아비가 된 그녀 남편은 당황하여 축축해진 손을 빼내고 장례식을 조용히 치르겠다는 암시를 줌으로써 그럴싸하게 보이고 아마도 심지어는 진정한 유감의 말을 예정보다 일찍 끝낸다. 조화 증정은 사양합니다. 슬픔이 너무 깊어서——콘라드 쉰가르.

오늘 사무실로 가는 길은 동료애적이고 조의를 표하는 허들을 넘어가는 장애물 경주로 밝혀진다. 수위실의 차단봉에서부터 4층에 이르기까지 한결같다. 4층에서는 '국장 K. 쉰가르——사고 통계' 라는 문패 뒤에서 거의 넘기 어려운 마지막 허들이 못미더워하는 여비서의 형상으로 기다리고 있다. 눈물을 흘릴 준비가 되어 동시에 탐색하는 듯한 눈앞에서 본분에 어긋나는 행동을 취하지 않고 세인트 버나드 개와 같은 시선을 되돌려주며 손을 힘껏 쥐고 고개를 계속 끄덕여보일 필요가 있다. 홀아비를 위한 지침서라도 있으면 좋으련만! 이때 그녀는 몇몇 사항은 알고 몇 가지의 일은 예감한다. 모든 것이 명백해진다. 자신의 여비서 앞에서는 그 어떤 비밀도 없다. 그녀는 자신이 알고 있는 것을 빈약한 가슴속에 묻어두었다가 적당한 기회에 비난하기 위해 써먹는다. 그 적당한 기회가 내일도 한 달 뒤에도 생기지 않기를 바랄 뿐이다. 절대로 그런 일은 없겠지!

그래, 유감스러운 일이야. 그렇게 젊은 나이에 불의의 죽음을 맞다니. 아니, 꽃은 안 돼. 일을 조용히 치르고 싶어. 우편물? 나중에 처리하지.

충분히 이해한다는 듯이 백발이 섞인 머리를 숙이고 여자 스파이는 물러난다. K. 쇤가르는 부드럽게 닫히는 문을 유심히 쳐다본다. 의심을 살 만한 구석이 있었던가? 그는 모든 단어를 조심스럽게 선택했던가? 경솔한 말 한마디가 산통을 깨지나 않았을까?

이빨의 차단문 뒤에서 아직 소화되지 않은 진실의 파편이 돌발적으로 튀어나오지 않게 하려면 말할 때 조심해야 한다. 서류가 넘치는 책상 뒤만 하더라도 그 남자가 지금까지 눈에 띄지 않던 그의 존재와 관련한 과거와 현재의 재산 목록을 면밀하게 조사하고 있다. 그는 그 배반자 바로 앞에 앉아 있다. 물론 전화를 두고 하는 말이다. 달그락거리는 소리를 낼 뿐, 혼이 없는 물질로 채워진 전화기 자체가 아니라 배선망 속에서 엿듣기를 좋아하는 거미인 전화 교환수가 문제다. 아무리 조심해봐야 헛수고였다. 빈네투[1]와 올드 섀터핸드[2]의 결합체인 쉰가르가 은밀한 혼외 정사의 조그마한 흔적조차도 밖으로 드러나는 것을 세심한 주의를 기울여 피하려고 했음에도 불구하고 그런 결과를 낳았다.

그러나 둘시네아[3]는 담당관으로서 같은 건물에 거주하고 있다. 비록 한 번도 점심 식사 때 구내 식당에서 같은 식탁에 앉거나 아침과 저녁에 수위실을 동시에 지나간 적이 없으며 직장 축제를 함께 즐긴 적도 없지만 전화 통화는 한다. 서로 공모하여 전화 번호만으로 상대방을 호칭했다 할지라도 경솔한 짓이었다. 여기는 83번. 오늘 저녁은 안 돼. 오늘 저녁 7시 후에. 오늘 저녁 정각 8시에. 여기는 11번. 여기는 83번. 그때까지 안녕. 그리고 서로 만났다. 가련한 콘라드와 귀여운 아니타는 속옷 가게에서 우연히 마주쳐 밀월 관계를 앞둔

---

1) 카를 마이 작품에 등장하는 이상화된 인디언 형상.

2) 나이가 들어 정신이 산만한 사람.

3) 세르반테스의 『돈 키호테』에서 주인공이 기사도 정신에 따른 흠모의 대상으로 삼은 귀부인.

드라마의 도입부 내지는 서막을 연기했었다. 사이즈가 7인 브래지어 주세요. 그들은 관공서 이외의 공공 장소에서는 더이상 만나지 않았다. 쇤가르 국장은 아직 생존해 있던 아내에게 줄 잠옷 꾸러미를 팔에 낀 채 아니타에게 정중한 태도로 상점 문을 열어주었다. 나가시죠. 아니타는 쇤가르가 그녀를 아는 만큼 그를 알고 있었다. 그들은 서로 안면이 있었다. 이제 그들은 처음으로 말을 교환했다. 그녀는 수로 관리청의 담당관으로서 두 달 전부터 쇤가르의 깨끗한 사무실 아래층에서 근무하고 있었다.

다시 어떤 문이 열린다. 쇤가르의 자동차 문이다. 한 구간이라도 태워다 드리겠습니다. 헛기침. 같은 방향이다. 킥킥거린다. 그렇군요. 그녀 옆에 앉아 시동을 걸고 기어를 바꾼 후 차를 출발시키면서 운전기사는 비좁은 목구멍에서 흔해빠진 상투어들을 만들어낸다. 날씨, 사고 통계, 조심성이 없는 사람들, 소름이 끼치는 보고서 등등에 관해 이야기한다. 그러나 다행스럽게도 흑백 사진이지만 전쟁터에서처럼 사지가 절단된 모습이 담긴 사진들에 관해서는 말하지 않는다.

기어를 바꿀 때 요란한 소리가 난다. 브레이크 페달을 과격하게 밟는다. 어떤 보행자가 주먹을 들어올리고 위협을 가하며 건널목 앞에서 빠져나간다. 사고 통계 담당자의 동공이 끊임없이 오른쪽 눈초리 방향으로 헤매기 때문이다. 모든 수로를 폐쇄시킬 수 있을 정도로 흔들거리는 두 개의 부표의 매력으로 인하여 교통에 필수적인 주의력이 마비된다. 지금 오른쪽으로 가세요. 지금은 왼쪽으로요. 세워주세요. 다 왔어요. 집에 데려다준 답례로 커피 한잔 대접해도 좋을까요. 저는 여기 2층에 살아요. 그러나 운전기사는 뺑소니를 친다. 그는 45마력의 속력으로 유혹에서 벗어나 자기 집으로 도망친다. 자신의 거처에서는 그를 일상적으로 맞이한다. 뺨에 키스를 한다. 아내의 가슴둘레 사이즈는 3이다. 말없이 저녁 식사를 한 후 케이블이 파열됐다는 핑계를 대고 차고로 간다. 조수석에 등을 기대고 앉아 낯선 사람의 체취를 느끼고 가운데가 튀어나온 검은색 니트웨어 속의 이중적 도발을 음미하기 위해서다.

스스로 도덕적으로 되기 위해서는 엄청난 정력의 소모가 필수적이다. 그래야만 접근이 금지된 풍만한 젖가슴이 한 번도 밟아보지 못한 상황에서 냉혹하고 절망적인 노아의 홍수 속에 휩쓸려 떠내려가는 건축물의 둥근 지붕처럼 사라진다. 나의 윤리 의식은 실제로 나의 것일까? 그것은 차라리 필연적이고 생기 있는 모든 움직임을 불가능하게 만드는 완전히 녹슨 장비가 아닐까? 자신을 초대하는 듯한 젖가슴을 바라본 이후 처음으로 해보는 질문이다. (자신의) 머리카락과 이빨이 폐기물로 처리되기 이전의 질문이다. 어쨌든 이미 43살이다. 그럼에도 불구하고 훨씬 젊은 나이의 감정을 지니고 있다. 그것은 확실히 금연과 적당한 음주뿐만 아니라 결혼으로 인한 성생활의 절제에 기인한다. 그런 식으로 그것은 시작되었다. 그러나 그러한 감정은 이제 그만두어야 한다. 전화 거미가 수위에게, 수위는 모두 수다쟁이들인 운전기사들에게, 그들은 각자 자신의 상사에게 최근의 일을 일러바칠 것이고 따라서 쉰가르의 상사도 그것을 전해들을 것이기 때문이다. 소문은 이와 비슷한 방식으로 널리 퍼져 나갔다.

쉰가르가 축축하고 불안한 손에 들고 있는 것 중에서 상사에게 내보일 수 있는 유일한 카드는 상징적인 클로버 에이스, 즉 죽음이다. 지금 나는 더 이상 결혼한 상태에 있지 않다. 나는 홀아비다. 유럽 지역에서 사고로 홀아비가 된 숫자는 얼마나 될까? 이것은 원래 자신의 부서에서 서류를 검토해보면 알 수 있는 일이었다.

헛돌던 절망적인 생각들은 급하고 의미심장하게 울리는 전화벨 소리에 멈춘다. 수화기를 집어들면 여자 목소리가 들릴 것 같다. 말도 안 된다. 죽은 아내의 목소리가 아니라 11번 요정 목소리겠지. 하지만 구멍이 난 합성수지 판에서는 상사의 목소리가 흘러나온다. 그는 국장에게 자신의 사무실로 와달라고 말하고는 '알았습니다' 라는 말을 듣기도 전에 전화를 끊는다. 그는 그래도 일어서서 국장을 맞는다. 그는 양 입가에 수직으로 주름살을 지으며 의무적인 유감의 뜻을 표한다. 그의 입에서 튀어나온 언어는 꾸역꾸역 이어진다. 무미건조하고 끝없는 그의 말은 작동을 멈출 수 없는 텔레타이프에서 쏟아져나오는 종이 테이프 같다. 그러니까 이제까지의 비난들은 미안한 말이지만 다른 직원들과 동료들에 대한 영향이 바람직하지 않은 파렴치하고 비도덕적인 행동의 근거가 사라진 마당에 더 이상 논할 필요가 없어요. 그렇지요. 그러나 그 비극적인 사건이 일어난 후 당신은 더 이상 결혼한 몸이 아니지요. 하룻밤 사이에 다른 측면들이 생겨난 거예요. 아니, 지금 변명하려는 게 아닙니다. 그러나 낡아빠진 의자 위에 몸을 굽히고 앉아 있던 쉰가르는 본의 아니게 카타르시스 세례 속에 마음이 정화되는 듯한 기쁜 감정의 흐름을 받아들인다. 그는 결코 이의를 제기하지 않고 장황한 변설을 흘려듣는다. 상대방은 쉰가르가 끔찍한 사고로 인하여 괴로워하고 있을 것이라는 말도 꺼낸다. 사고라는 단어에 잠시 긴장된 순간이 지난 후 홀아비가 태연히 말한다. 예, 사고예요. 즉시 통고를 받은 소방대가 의혹의 여지가 없이 확인했지요. 자체적인 지침에 따라 행동했어요. 세부 사항들을 원하십니까? 세부 사항들은 필요치 않아요. 다시 상사가 대화의 실마리를 잇고 계속 풀어간다. 그러나 이번에는 개인적인 색채를 띤다. 쉰가르, 이 사건 전체는 이제 그만 묻어버리게, 미안, 수습되었네.

이런 식으로 원론적인 말이 누런 이빨들 사이에서 새어나온다. 보덴 호수 기사[4]는 비록 오른쪽 눈꺼풀이 실룩거려 방해를 받을지언정 안도의 한숨을 내쉬며 자신을 되돌아본다. 보라, 그는 다시 한 번 빠져나왔다. 순진한 모습으로. 위험을 극복했음을 알고 난 뒤에도 잔인함에 예민한 시인의 은밀한 욕망에서 자신을 가차없이 말에서 떨어뜨려 죽였을 구스타프 슈바브 씨에게 그는 그 어떤 시적인 대상도 되지 않는다. 다행스럽게도 현실은 실제로 덜 불건전하게 이루어진다.

확실히 K. 쉰가르 국장도 근심이 위장을 압박하는 무기력 상태에 끄떡없지는 않다. 하지만 그는 자리에서 쓰러져 죽는 일 따위는 생각지 않고 그 대신에 대화를 무사히 마친 후 근무 시간에 충실하다가 살아서 관공서 건물을 나선다. 수위는 안중에 없다. 수위의 희미한 얼굴 표정도 무시해버린다. 자기 마음대로 생각하라지. 다음다음의 길모퉁이 뒤에서 쉰가르는 걱정을 떨쳐버릴 피난처를 발견한다. 그곳은 정적, 흐릿한 빛, 신맛이 나는 맥주 냄새로 채워져 있다. 떨리는 손으로 독한 맥주 첫 잔을 마실 때는 턱에 흘린다. 하지만 두번째 잔은 얼굴 근육의 경련을 가라앉힌다. 눈꺼풀은 이제 더 이상 따로 놀지 않는다. 폭발할 듯이 몸 속을 파고들며 위장을 따끔거리게 만드는 축축한 액체에서 기운을 얻어 쭈글쭈글

---

4) 페터 한트케의 희곡 『보덴 호수 위로 떠나는 기마 여행』의 주인공.

오그라들고 짓눌린 상태에 있던 어떤 것, 즉 내면의 콘라드 쉰가르가 똑바로 일어선다. 그것은 완전한 크기로 부풀어올랐다가 혈관 속의 전분이 포도당으로 바뀌면서 다시 수축된다. 그러기 전에, 즉 다시 위협적인 말이지만 그 과정이 반대가 되기 전에 공간의 어두운 배경에서 공중전화 박스를 찾아 헤맨다. 얼룩이 진 천이 덮여 있는 흑갈색의 탁자들은 각각 아무 손님도 없이 고독하게 서 있다. 그 사이를 꿰뚫고 지나가 전화박스에 들어서는 순간 적나라한 백열전구가 자동적으로 켜진다. 떨리는 손가락이 검은색의 번호판을 돌린다. 신호가 간다. 곧 자석식 전화 교환기의 거미가 응답할 것이다. 사람들은 전화 교환수가 직장 내에서의 대화만을 엿듣는다고 추측할지라도 영리한 사고 전문가는 자신의 목소리를 묵직한 어조로 바꾸고 송화기에 대고 퉁명스럽게 말한다. 수로 관리청, 11번 좀 부탁합니다. 딸깍거리고 웅웅거리는 소리가 그 대답이다. 그 다음에 11번인 그녀가 전화를 받는다. 11번과는 무관한 그녀의 존재, 즉 정신과 영혼의 교양을 방해하는 지상적 존재 내지는 속세의 포동포동한 육체가 한 공무원을 사로잡았던 것이다. 쉰가르는 간청하듯 말한다. 여기는 83! 전화기는 당황하여 침묵한다. 약한 전류가 머나먼 강물처럼 말없이 흐르면서 술집에 있는 남자에게 그 어떤 대답도 가져다주지 않는다. 다시 그는 자신의 비밀 번호를 댄다. 그것이 마침내 침묵을 걷어낸다. 요정은 마치 물밑에 있는 것처럼 멀리서 희미하게 말한다. 예, 듣고 있어요. 83번은 급하게 말한다. 평소처럼 오늘 19시. 그는 전화선 속에서 나는 와삭거리고 바스락거리는 소리에 귀를 기울인다. 한없이 긴 한순간이 지난 후 합성수지 수화기에서 나온 목소리가 사무적으로 동의한다. 예, 알았어요. 안녕히 계세요!

니켈로 된 고리에 전화기를 걸고 나자 축축하게 젖은 손잡이가 전화 박스의 불빛 속에 빛나는 것이 보인다. 질병을 극복한 것 같은 모습을 하고 손님은 다시 밖으로 나온다. 그는 잠시 후 또 다른 술집에 들어가 여러 번 한 잔씩 홀짝거리다가 마지막으로 남은 독주 한 병을 주문하여 받아들고 마신다. 속이 꽉차지 못한 풍선과 비슷하게 다시 절망한 상태에서 내면의 인간이 원기를 얻기 위해서다. 그는 술을 마시며 몸 속의 모든 근육의 힘줄을 더 비범한 쉰가르로 채워넣고 있음을 느낀다. 이 내면의 쉰가르가 그에게 더 잘 어울리며 마치 주조물처럼 앉아 있다. 이제 우편물을 처리하는 일이 어렵지 않다. 평소의 양식에 맞춰 공장장, 사무국장, 부서장 등에게 각 단체를 지배하는 도덕적인 명령에 따라 사고를 방지해야 하는 의무를 지적한다. 또한 사태의 심각성을 알리는 통계를 첨부하고 서류를 요구한다. 편지 끝에 '경의를 표합니다'라는 인사와 함께 '장례식은 조용히 치르겠습니다'라는 문구를 집어넣는다.

결재 업무에 파묻히기도 전에 여비서는 이미 타자기 위에 방수포를 씌운다. 근무 시간이 끝났어요! 벌써? 벌써요.

시계추는 극단적으로 평행이 기울어졌다가 눈치를 채지 못하는 사이에 평상적인 위치를 되찾았다. 모든 것은 다시 정돈된다. 삶은 계속 이어진다. 부인과 사별하자마자 신붓감을 찾고 있는 홀아비들에게도 그러하다. 규범화된 도덕적인 길로부터의 일탈과 함께 이에 상응하는 교정을 경험한 국장들에게도 그러하다.

단지 한 여자에게는 삶이 계속 이어지지 않는다. 그녀는 다소 많은 일산화탄소를 들이마셨기 때문이다. 한 시간 내에 용적률 0.13은 통계적으로 볼 때 치명적인 분량이다. 쉰가르 부인은 이보다 몇 배의 양을 들이마셨다. 따라서 한 시간을 기다릴 필요도 없었다.

정각 19시, 쉰가르 부인을 살해한 회색 자동차가 남의 눈에 띄지 않게 옆길에 주차된 다음 아니타 집의 초인종이 울린다. 초인종은 그녀가 처음에는 그 소리를 들었는지 의심할 정도로 짧게 울린다. 그러나 시계는 19시를 가리키고 있다. 초인종이 울렸음에 틀림없다. 실제로 뜻밖에 자유의 몸이 된 애인인 그가 조명이 없는 계단실 안의 문 앞에 서 있다. 그는 자신이 주장하듯이 항상 그녀를 생각해서 밖이 어두울 때 위로 올라온다. 하지만 그녀에게 이러한 사려 깊은 태도는 아무래도 좋다. 서른 살이 되기까지 그녀는 너무나 많은 집들과 남자 방문객들을 섭렵했던 것이다. 우리 두 사람 사이에는 그 어떤 가식도 없어요. 그렇지 않아요?

각각 붉은색, 담청색, 검은색의 종이 봉지들을 싸안고 처음으로 만난 다음날 회색 자동차가 8번 전차를 따라 간선도로를 통과하여 광장과 교차로를 지나 건물의 앞면, 망사직 커튼, 십자 창살, 상점, 문, 대문, 작은 문, 입구, 쪽문 등을 스쳐갔다. 쉰가르는 하지만 전차에서 내린 풍만한 가슴을 지닌 갈색 머리의 여자에게만 주의를 기울였다. 그녀가 보도에 올라서기 전에 자동차는 브레이크를 밟았다. 문이 열리더니 오늘 다시 그녀를 집에 바래다줘도 좋은지 묻는 소리가 들렸다. 보조개로 장식한 미소가 그 대답이었다. 그녀는 당시에 자신에게 어울리는 자리를 차지하려는 듯이 운전석 옆에 앉았다. 그는 너무도 당연하게 그녀의 작은 집과 침대로 따라갔다.

오늘, 오늘은 우리 이 중요하고 마음이 끌리는 가구는 피하기로 해요. 콘라드, 그것을 단념한 것이 진정한 경건함에서인지, 혹은 그녀가 흙 속에 묻히기도 전에 그 짓을 해서는 안 된다는 이유로 인한 불쾌함에서인지는 확실치 않아요. 콘라드는 동의한다. 물론 지금 그럴 수는 없지. 하지만 금방이라도 기분을 내고 싶어. 다른 것을 바라지 않아. 어차피 적나라한 두 개의 악 중에서 하나를 택할 수밖에 없는 상황이라면 정욕적으로 되기를 원해. 그래서 살얼음이 언 심연을 기억에서 지워버리고 망각 속으로 사라지고 싶어. 그러나 죽음은 대단히 독특한 종류의 장애물이야.

이 밖에도 아니타는 사고가 어떻게 일어났는지 알고 싶어 한다. 그녀는 그럴 권리가 있다. 그 사고는 마치 주문대로 된 듯한 인상을 준다.

그러니까.

그러니까 차고 말이야. 그러니까, 아니타도 알고 있듯이 차고는 우리—나의 집 지하실에 있어. 그러니까, 차는 항상 차고에서 세차하게 되어 있어. 배수구는 예전의 집주인이 만들어놓았지. 그러니까, 내 아내, 나의 죽은 아내는, 오늘 아침보다는 벌써 말이 더 쉽게 나오는군, 공식적으로 말해서 차량을 세척하러 밑으로 내려갔어. 이 과정에서 사망자는 엔진을 작동시켰던 거야. 아마 전조등을 켜서 주변을 더 밝게 만들어놓고 정리 정돈을 하기 위해서였겠지. 널리 알려져 있듯이 이것은 배터리를 보호하는 역할을 하지. 어쨌든 차고 문은 당연히 원칙에 따라 잠겨져 있었어. 배기 가스가 급속히 퍼져나갔고 바닥에 차올랐지. 사망자는 몸을 굽히고, 물론 그녀가 아직 살아 있을 때 이야기야, 두세 번 호흡을 한 뒤에 일산화탄소에 질식되어 시멘트 바닥에 쓰러졌어. 그 동안에도 엔진은 계속 돌아가고 있었어. 혼외 정사를 즐기는 그녀 남편은 그 사이에 신문을 읽고 있다가 갑자기 혼자라는 생각이 들었다. 그는 아내를 불렀지만 아무런 대답을 듣지 못했다. 마루로 나와 부르고 지하 차고로 내려가는 문을 열고 다시 불렀다. 엔진이 돌아가는 소리를 듣고 아내를 부르다가 불빛을 보았다. 두세 계단 밑으로 내려가다가 뒤틀린 자세로 누워 있는 아내의 다리를 발견하고 그녀를 불렀고 엔진 소리를 듣고는 위로 뛰어올라갔다. 바깥으로 나간 그는 차고 문을 밖에서 열고 엔진을 멎게 하기 위해 집 주위를 돌아 달려갔다. 그는 호흡을 멈추고 푸르스름한 매연 속으로 뛰어들어가 시동을 끄고 밖으로 뛰쳐나왔다. 그 다음에 소방대가 출동했고 인공 호흡, 산소 마스크, 강심제 주사 등 일반적인 조치가 취해졌다. 그녀는 여전히 마른걸레를 손에 쥐고 있었다. 다행히도 차고는 건축 감독국의 허가를 받은 건물이었다. 소방대 소위가 푸른색 깜박이 불을 켜고 요란한 경적을 울리며 출발하기 전에 위로를 겸한 결론을 내렸다. 이런 경우가 수없이 많아요. 예예, 엔진을 켜놓고, 그래서…… 홀아비가 정확히 알고 있는 내용이었다.

그러니까——일이 그렇게 된 거야.

입술이 메말라서 술 한 잔을 더 마시고 키스를 한다. 그리고 귀신을 믿지는 않음에도 불구하고 두려운 마음이 든다.

결혼은 공식적으로 통용되는 기간만 넘기면 더 이상 미루지 말도록 하지. 사람이 계속하여 홀로 지내는 것은 좋지 않아. 비록 옛말이지만 맞는 말이야. 아니타의 집세만 하더라도 지금은 돈을 낭비하는 셈이야. 그것에 대해서는 내일 이야기하지. 아니면 모레. 조용히 치러질 장례식 후에 말이야. 그

174

럼, 안녕.

적막한 집으로 돌아간다. 아늑함이라고는 찾아보기 어려운 거의 섬뜩함 속으로 돌아간다. 그것은 조명도 없이 뾰족한 합각머리 석주 비문과 같은 검은색 통나무에 남아 있다. 그 아래로 엔진을 끈 자동차가 급경사의 철판을 따라 굴러가 비좁고 구석진 공간에 멈췄다. 여기에 그녀가 누워 있었다. 그녀는 아무것도 알지 못했다. 아니타뿐만 아니라 S시의 자동차 정비공 F에 대해서 예감조차 하지 못했다. 그 정비공에 관한 보고서는 (사진까지 첨부하여) 쉰가르 국장 사무실의 서류철에 보관되어 있다. 신출내기인 정비공 F는 통풍 시설이 없는 16평방미터의 지하 차고에서 자동차 물 펌프 수리를 한 후 시험 삼아 엔진의 시동을 걸었다. 아마도 그는 땅에 떨어진 집게를 잡으려고 몸을 굽혔다. 바닥에는 용적률 2.8의 일산화탄소가 깔려 있었다. 이 사망 사고 이후 그 차고는 자동차용으로는 폐쇄되었다. 제삼자의 잘못된 행동도 보고서에 담겨 있으나 수사할 수는 없었다.

제삼자는 누군가를 엔진이 돌아가고 있는 기계 쪽으로 내려보내 그 밑에 유혹하듯 반쯤 가려진 채 놓여 있는 얇은 종이로 포장된 상자에 호기심이 동하여 치명적인 매연 속으로 몸을 굽히게 만드는 데 아무런 관심도 없었다. 그 상자에는 엘제에게는 전혀 어울리지 않는 사이즈 48의 숙녀용 스웨터가 들어 있었다. 그 옷은 정원의 빨랫줄에 하룻동안 걸어놓으니 더 이상 배기 가스 냄새가 나지 않았다. 아니타는 그 옷을 입었을 때 절대로 아무것도 눈치채지 못했다.

통계를 엉성한 여과기로 거르고 나면 숫자만이 남는다. 다른 모든 것은 아예 존재하지 않았던 것처럼 현실성이 없다.

대리인

자유 시간Feierabend. 이것은 양로원의 이름이다. 그 활자들은 푸르스름하고 비바람에 상한 채 정문 위에 걸려 있다. 그 활자들 중의 하나는 오래 전에 떨어져나갔다. 그때 다행히 아무도 다치지 않았다. FEIERABENDH IM. 떨어져나간 E는 날마다 새로 붙여놓지만 얼마 지나지 않아 다시 없어졌다. 누가 무슨 목적으로 이 철자를 필요로 하는지 도무지 이해가 되지 않았다. 결국 사람들은 조그마한 미적 오류인 틈새에 익숙하게 되었다. 결함을 대하는 가장 좋은 방법은 그것을 간과하는 것이었다. 또한 나이 든 사람들은 스스로 관용을 바라기 때문에 오류와 하자에 대해 더 관대하다. 나이든 상태는 자기 자신에게 책임이 있는 불행과 같다. 물론 날씨가 좋은 날 양로원의 테라스에 햇볕을 받으며 앉아 있을 수 있다는 것은 기쁜 일이었다. 훌륭한 보살핌에 몸에 이로운 기후를 갖춘 만족스러운 인생의 황혼이었다.

결국에는 노인들을 상대로 한 또 다른 가능성들이 존재했다. 문예 오락란에서 취급하는 인생의 황혼 이외에도 언론은 예전에 노인들을 간단히 내버리는가 하면 자신들의 운명에 내맡기게 만들었던 에스키모족이나 다른 원시인들에 관한 기사들을 제공했다. 바푸티족 혹은 피그미족은 심지어 노인들을 몽둥이로 때려죽였다. 음식이 다시 맛이 없어지거나 양로원 원장의 기분이 좋지 않을 때에는 항상 이것을 염두에 두어야 했다. 이러한 난폭한 관습과 비교해보면 양로원의 테라스는 태초부터 그 존재를 믿기가 쉽지 않았던 낙원의 앞뜰과 비슷했다. 사람들은 아마도 당분간이겠지만 저도 모르게 낙원에 대한 믿음을 잃어버렸다. 이것은 마치 쓸데가 없어진 중고품을 잃어버렸지만 그 손실에 대해서는 더 이상 생각하지 않는 것과 같다. 그러나 '다윈'은 자신이 낙원에 매우 근접해 있으며 모두들 신학이 내세우는 하찮은 게으름뱅이의 천국에서 벗어나야 한다고 말했다. 그 다음에야 낙원을 인식할 수 있다는 것이었다. 따라서 낙원은 동시에 지옥이기도 했다.

봄철에 태양이 테라스를 온화하게 데워놓아 감기 걱정을 하지 않고서도 야외에 머물 수 있게 되자마자 사람들은 여기 바깥에서 특별석을 발견하였는데 그 앞에서는 삶, 최소한 간선도로의 삶이 연출되었다. 나중에 몇몇 여름날에는 열기가 참기 어려울 정도로 강했다. 그럼에도 불구하고 특정한 낮 시간에는 양로원의 남자 수용자들이 대단한 역사적 사건을 기대하고 있기라도 하듯이 난간에 몰려들었다. 늙은 여자들만이 하루에 두 번 일어나는 바깥의 소용돌이에 사로잡히지 않았다. 그들은 거리 쪽을 향한 난간에 힘센 남자들이 재빨리 가장 좋은 자리를 차지하는 것을 애써 무시했다. 힘이 약하거나 늦게 온 사람들은 틈새를 비집고 들어가거나 발돋움을 해야만 겨우 사건에 관여할 수 있었다. 그 사건이란 아침과 오후에 근처 직업 학교의 여학생들이 지나가는 정도에 불과했다. 많은 여학생들은 자전거를 타고 무리를 지어 지나갔다. 아직 어린애 같거나 벌써 다 자란 학생이 있는가 하면 몇몇은 커다란 인형과 엇비슷했다. 관찰자들에게 그들은 이해가 불가능해진 또 다른 세계에서 나와 다음 모퉁이 뒤로 사라지는 것처럼 보였다. 15세의 나이에 어떻게 그런 실팍한 허벅지와 가슴을 지닐 수 있을까! 게다가 깔깔거리며 웃거나 외설적인 몸짓을 해대는가 하면 큰 소리로 알아듣기 힘들게 누군가를 부르기도 했다. 가닥으로 꼬인 머리카락은 빗질하지 않은 경우가 흔했다. 그들의 튼튼한 사지가 한눈에 들어왔다. 이 광경을 본 '다윈'은 '송아지 고기'라고 반복해서 말했다. 그리고 매번 전대미문의 현명함이라도 되듯이 이해와 동의를 의미하는 끄덕거림이 시작되었다. 이것은 그의 말을 전혀 이해하지 못했던 다른 관찰자들이 같은 행동을 보일 때까지 계속되었다.

보일 듯 말 듯한 안장 위에 꽉 끼는 푸른 아마포 옷을 입고 앉은 엉덩이들이 시야를 떠난 뒤에도 관찰자들의 시선들은 광파가 직선으로만 진행하는 것에 대해 무척이나 아쉬워하며 그들을 뒤쫓아갔다. 몇몇 양로원 수용자들은 곧바로 자신들의 방으로 돌아가 지칠 대로 지친 몸을 뉘어야 했다. 쥐오줌풀 엑기스와 용도 폐기된 약품병에 담긴 보드카를 돌아가며 마셨다.

거의 말이 없었다. 공동 체험에 대해서 굳이 말할 것이 없었다. 각자는 자기 혼자서 혹은 마음속에 품고 있는 신과 함께 이것을 해결해야 했다. 눈을 깜박거리는 몸짓조차도 쓸데없는 것으로 판명되었다. 주변의 다른 남자나 혹은 오히려 행동을 같이한 남자에게 모든 것은 의기소침하고 면도를 하지 않은 용모에서 극명하게 나타났다. 마지못해 테라스에서 공동 공간으로 돌아온 노인들 사이에는 침몰하는 배의 승객들에게서나 추측해볼 수 있는 분위기가 지배했다. 소녀들의 무리가 등장하면서 지평선에 환상적인 희망을 생생하게 만들어낸 것에 비례하여 더욱 절망적인 기분으로 노인들은 사라져가는 신기루를 바라보았다. 하지만 그들은 몇 시간 후 새로운 상승과 추락에서 벗어날 수 없었다.

저녁 식사 후 소화도 시킬 겸 건물 뒤의 정원에서 원을 돌며 산책할 때의 어스름 속에서 체념적인 대화가 이어졌다. 그러한 소녀에 대한 나의 권리를 누가 막는단 말인가? 정밀 시간 측정기? 줄어든 세포의 재생력? 인간 사이의 관계에 대한 엄격한 규범? 미학? 형법서? 자기 자신의 이성? 터부를 범하고 난 뒤의 결과에 대한 불안?

진화의 위대한 연구가를 증인으로 끌어대고 자주 그를 인용하는 바람에 그 별명을 얻기도 한 '다윈'이 특히 어쩔 수 없이 포기하려는 그들의 마음가짐에 대해 격렬히 반발했다. 동물 세계에서는 예를 들어 사냥개가 짝짓기를 원하는 암캐와의 나이 차이를 확인하고 그 때문에 거리를 두는 일은 결코 없어! 짝짓기는 자연스러워야 해! 자연은 자신이 할 일을 수행할 따름이지……! 그리고 며칠 후 저녁에 그가 다시 나섰다. 푸른색 남성용 자전거를 탄 더벅머리의 여학생 말이야. 개를 내 색시로 삼겠어. 감탄 부호!

의도한 바가 아니었지만 '다윈'은 양로원에서 대화의 주된 대상이 되었다. 그를 상대로 내기들을 걸기도 했지만 형세는 그에게 좋지 않았다. 그가 내세운 자연 도태와 생존 경쟁을 확신했던 극히 일부 사람들만이 그의 편을 들었기 때문이다. '다윈'은 그 일을 해낼 수 있어! '다윈'은 생물학적 선별의 모든 묘책을 알고 있어! 그는 누구 못지않게 발정하여 짝을 부르며 울부짖을 거야. 미사여구로 재주를 부리고 마침내 승리하고 말 거야!

'다윈'이 식당에 들어서면 간호사들이 놀랄 정도로 많은 사람들이 그를 향해 고개를 돌렸다. 그의 식사 동료들은 비록 약간 의심스럽기는 하지만 그러한 유명 인사와 같은 식탁에 앉을 수 있다는 점을 뜻밖의 영광으로 느꼈다. 시간이 흘러가고 '다윈'이 아침과 오후에 테라스에서 혀를 차며 '송아지 고기'라는 말을 내뱉는 것 이외에는 더 이상 아무 일도 일어나지 않게 되었을 때 그의 명성은 내려갔다. 우연히 여러 사람들이 함께 텔레비전 시청실에서 큰 뇌조(雷鳥)의 짝짓기 의식에 관한 영화를 보게 되었을 때 누군가가 그 동물과 '다윈' 사이의 비슷한 점을 킥킥거리며 밝혀내자 모욕을 느낀 그는 일어서서 나가버렸다. 그에게 확실해진 것은 자신이 즉흥적으로 던진 말이 스스로를 옭아매는 덫이 되고 말았다는 점이었다. 푸른색 남성용 자전거를 탄 더벅머리——그것은 단순히 다른 사람들이 점점 더 무력감에 빠져들어가는 것에 대한 항의에서 무심코 튀어나온 말이었다. 모든 사람들의 조롱거리가 되지 않기 위해서는 어쩔 수 없는 실행의 측면에서 진지하게 생각해보았을 때 '다윈'은 부정할 수 없는 불안을 느꼈다. 그 소녀는 기껏해야 열일곱 아니면 열여덟 살쯤 되어 보였으므로 미성년자일 가능성이 높았다. 겁이 난 그가 동료 수용자들이 보는 앞에서 억지로 평가 절하했던 종의 발전과 자신에 대해서 그 누구도 의미를 부여하지 않을 것이다. '다윈'인 그가 굴욕적으로 포기했는데 어떻게 그 또래의 동료들이 양서류에서 포유 동물로, 그리고 직립 원인을 거쳐 요한 슈트라우스 혹은 막스 슈멜링으로의 진화를 믿을 수 있다는 말인가?

프로그램(「나는 그르치멕 집이 마음에 든다」)에 관한 사전 정보를 듣고 텔레비전 시청실로 들어가 안락의자에 몸을 의지한 그의 자세에서 마음의 상태가 드러났다. 그는 눈꺼풀을 내리깔고 축 늘어져 있었으며 가끔 주먹을 턱 밑에 괴고 깊은 생각에 잠겨 거의 쓰러질 듯한 모습이었다. 계속 생각을 거듭하는 바람에 머리가 터질 것 같았지만 로댕의 모형은 아니었다. 가끔 그는 모든 것을 특별하고 동시에 장엄하게 짜맞추었던 세계 정신이 자신의 목숨을 이 세상에서 거둬가기를 빌었다. 그러면 그는 자신의 약속을 지키지 않아도 되었다. 전체 동물 세계에서 수컷이 암컷보다 더 오래 번식할 수 있다는 것은 어떤 의미를 지니고 있음에 틀림없다! 이것은 운명이다! 기어이 그것을 인식하고 이 사실이 너에게도 증명되는지를 시험해보라!

시작은 간단했다. 동료 여학생들에게 문의하여 '다윈'은 자신이 경솔하게 언급한 여학생의 이름과 직장을 알아냈다. 그들은 그에게 되묻지도 않고 곧바로 정보를 알려줬다. 보라, 우리의 모호한 사회 체제조차도 정력적으로 제기한 질문에 대해서는 반발하거나 질문자의 정당성 혹은 의도를 캐묻지 말고 지체 없이 정보를 제공하라고 모든 사람들에게 뱃속에 있을 때부터 가르치고 확약시키는 등 남모르는 장점들을 지니고 있다. 네오-뇌피질 안은 경찰의 담당 구역이다. 선량한 늙은 공룡은 민첩하게 순종하는 대신 누구의 청 따위는 들어주지 않을 것이다. '다윈'이 개방적인 가족 생활을 높이 평가했던 긴꼬리원숭이나 만드릴[1]의 경우와 마찬가지로 사생활은 거의 없다. '다윈'이 저녁 산책 때 속삭이며 이야기했듯이 그는 알코올 음료 상점 옆에서 손님들이 빠져나간 점심 시간 직후 처음으로 그녀에게 모습을 나타내고 자신이 귀족으로 비쳐지도록 행동했다. 그는 루마니아산의 탄산 함유 포도주인 샴페인 한 병을 사서 그녀에게 바쳤다. 그가 자신을 그녀의 인품을 흠모하는 (옛날의 의미에서 나이 든) 노인이라고 소개하자 그녀는 깜짝 놀랐다. 그는 완전히 신사답고 절대적으로 우월한 태도로 자신의 모습이 우스꽝스러울지도 모르겠다고 고백했다. 그렇겠지?! 이 절반의 질문은 곧 마음에 드는 사람에게 선물하는 것이 자신의 천성이며 자기는 인심이 후하다라는 그의 말에 묻혀버렸다. 알겠지?! 그리고 그녀는, 다윈?

약간 어리둥절했어. 하지만 그녀가 정신을 다시 차릴 때까지 기다리지 않고 그는 곧바로 몸을 돌리고 인사를 하며 상점을 떠났다고 했다. 그는 이것이 미끼를 던지고 먹이를 끌어들이는 것이라고 말했다. 모든 것은 종의 기원에 씌어져 있다. 교미 직전의 위압적인 행동이 바로 그것이다. 사람들은 손으로 흔들어 소낭을 부풀게 만들거나 생식선에서 분비

---

1) 서아프리카산의 큰 비비.

액을 뿜어낸다.

자네는 상점에서 그러한 것을 참았겠지, 다윈?!

여보게, 우리 종족에 특징적인 자극 수단은 신호의 성격을 지니고 있다네. 그것은 말하자면 상징적이야.

다윈, 그것이 상징적인 것에 그친다면 비싼 대가를 치르고 재미를 본 셈이야……

얼마를 저축해놓는다고 해서 그것이 은행에서 썩고 있는 것은 아니야. 다음 월요일에 재공격이 이루어질 거야. 그녀가 낚시에 걸려 퍼덕일 때까지. 나는 퍼덕인다고 주장하고 싶어.

다윈, 인간은 영혼을 가지고 있어.

대체 여기에 인간이 어디 있어, 이 바보들아.

다시 돌아온 월요일에 새로운 이야기들이 전해졌다. 이번에는 모여든 사람들이 더 많았으며 긴장한 청중들 앞에서 맺은 결론은 이전과 달랐다.

그녀는 미소를 지으며 "고마워요"라고 말했어. 여보게들, 이와 함께 일은 잘 진행되었다네. 그녀가 낚시의 미끼를 물었던 거야. 말하자면 그녀는 나를 연금 생활자로 가장한 돈 많은 놈팡이로 여기고 있어. 그러나 사랑이나 사랑의 본질에 있어서 모든 수단은 정치에 있어서와 마찬가지로 정당해. 목적이 수단을 신성하게 만드는 거지. 그리고 그 목적이 훌륭하고 올바른 것 같지 않아?

주변에서는 이것을 증명하듯 고개를 끄덕이는가 하면 당황하여 침묵하는 경우도 있었고 의아하게 생각하며 고개를 젓기도 했다. 어떻게 그에게 그것이 가능했을까? 그에게서 자연과학 서적이라도 빌려봐야 하는 것은 아닐까?

 '그 다음 월요일에 '다윈'은 평소보다 늦게 양로원으로 돌아왔다. 사람들은 그에게 무슨 일이 일어났다는 것을 눈치챘다. 그는 그것을 애써 감추려고 했다. 식당에 들어설 때 정상 상태를 과장하려는 태도는 촌스런 삼류 극단에서나 볼 수 있는 광경이었다. 흥분하여 두 눈을 이리저리 굴리며 몇 년 동안이나 버릇처럼 앉던 식탁을 찾아 헤맸기 때문이었다. 그는 산만한 몸짓을 섞어가며 인사했다. 그는 자리에 앉아 자기 앞에 놓인 수육 접시를 아직 한 번도 보지 못한 사람처럼 한동안 빤히 쳐다보더니 갑자기 웃음을 터뜨렸다. 그를 더 자세히 훑어본 사람들은 셔츠의 깃이 구겨지고 흠뻑 젖어 있으며 주름진 목 옆은 말라 있는 것을 발견했다. 흐트러진 상태로 맨 넥타이는 재킷의 틈 사이로 삐져나와 있었다. 그들이 의심스러운 상황에 대해 말을 걸자 그는 처음에는 언어로 표현하지 않으려 했기 때문에 동갑내기들의 연대감을 우롱하지 말라는 심각한 경고를 들어야 했다. 그들은 그의 행동거지가 아직 뭇사람들의 눈에 띄지 않았음에도 불구하고 이미 불유쾌한 주목을 끌 수 있는 한계에 접근하고 있다고 말했다. 다윈, 우리가 자네의 모험을 덮어주려면 무슨 사연인지

들어봐야 되지 않겠나……

몇 번 헛기침을 하고 더듬거리며 뜸을 들인 다음에 나온 이야기에 따르면 그는 다시 샴페인-묘책을 이용하였다. 그 일환으로 그가 주변 거리를 어슬렁거리며 상점이 문을 닫을 때까지 기다렸다가 마치 우연인 것처럼 '자신의 희생양'과 마주쳤던 것은 분명했다. 이 밖에도 그녀는 샴페인 병을 몸에 지니고 있지 않았다. 그의 놀라움에 대해 그녀는 간단한 설명으로 반응했다. 즉 그녀는 그 병을 진열 칸에 도로 갖다 놓고 그것에 해당하는 돈을 계산대에서 꺼냈다는 것이었다. 이 말을 하면서 당황하는 기색은 전혀 없었다. 하지만 밑에서 위로 비스듬히 째려보는 시선은 아무도 흉내낼 재간이 없을 뿐만 아니라 오직 여성의 특징을 지닌 호모 사피엔스에게만 가능한 것이었다. 그 다음에 그녀는 어떻게 그가 낯모르는 사람에게 그런 선물을 할 능력이 있는지 알고 싶어했다. 이에 대해 그는 낯모르는 상태로 계속 남아 있어서는 안 된다는 명제를 동원했다. 그 이외에도 그는 살아오면서 약간의 돈을 모았으며 자신이 그것을 누구를 위해 쓸 것인가를 지시하는 사람은 아무도 없다고 말했다. 이처럼 허풍떠는 말은 적절한 효과를 불러일으킬 목적으로 그의 입에서 흘러나왔다. 왜냐하면 그녀가 침묵했기 때문이었다. 그 다음에는 어떻게 됐지? 내 팔을 당연한 것처럼 그녀의 팔 밑에 집어넣었지. 그녀는 그것을 내버려두었다. 그는 그녀 옆에 붙어 걸어갔다. 궐련, 담배, 연초 제품, 독주, 포도주 등 이미 즐길 수 없는 것이 되어버린 명품들 한가운데에 대통령의 변색된 사진이 걸려 있는 구멍가게 앞에서 그는 오른손으로 그녀의 가느다란 팔 윗부분을 감쌌다. 그는 그녀를 데리고 안으로 들어갔다. 거기에서 그는 술자리에 초대하고 싶다고 말하면서 포도주 한 병을 구입했다. 역겨움을 일으키는 저질 음료였다. 그러나 작전상 어쩔 수 없었다.

계속 말해봐, 다윈, 계속 말해. 장황하게 늘어놓지 말고 요점만 말하라고.

'다윈'은 주저했다. 그는 모든 것을 이야기한 것은 아니었지만 그러고 싶지도 않았다. 가령 뼈마디가 튀어나온 그녀의 부드러운 손이 그의 굵은 허벅지 살을 만졌다는 사실은 말하지 않았다. 그것은 자신을 압도하는 감동의 이유를 알지 못한 채 마음을 뒤흔든 광경이었다. 어쨌든 여전히 머릿속에 남아 있는 이러한 인상은 육체의 충동에 의한 피조물 특유의 힘겨운 연습과는 전혀 상관이 없었다. 더 이상 스스로를 인식하지 못할 정도로 윤곽이 흐릿해지는 눈을 바라보는 시선을 도대체 기술할 수 있을까? 다시 상징적으로 된 그는 미사여구로 재주를 부렸다. 즉 그녀에게 깊은 인상을 심어주고 포도주를 괜히 샀다는 후회를 하지 않기 위해 곧바로 무엇인가를 꾸며댔다. 여보게들, 스스로 보잘것없고 내세울 건더기도 없는 사람은 유명한 인사들을 들먹이며 자신을 치장해야 한단 말이야. 그 점에 있어서 우리는 사슴과 똑같아. 수사슴 은 뿔을 통해……——동물학 강의는 집어치워, 다윈. 우리의 애간장을 태우지 말고 속 시원히 말 좀 해봐.

인적이 거의 없는 거리를 따라 나란히 걸어가는 동안 그는 갑자기 우도 린덴베르크[2]를 삼촌으로 내세워야겠다는 생각 이 떠올랐다. 최근의 어느 날 저녁 우리가 화면을 통해 뒤뚱 거리는 모습을 본 적이 있는 아가리가 크고 어울리지 않게도 테가 넓은 소프트 모자를 쓴 끔찍스러운 사람 말이야. 이것 은 예기치 못한 영감이었다. 심지어 그 이상이었다. 왜냐하 면 사람들은 보통 영감에 굴복하거나 그냥 내버려둘 수 있기 때문이다. 하지만 그의 상태는 그 어떤 선택도 허용치 않았 다. 그의 입술은 더 높은 차원의 힘에 의해 움직이는 것 같았 으며 문장들이 그의 혀를 거쳐 온화한 저녁 속으로 미끄러져 나오는 바람에 그는 자신을 비독립적인 언어 도구로 느꼈다. 그는 그 어떤 문장도 실제로는 자신의 뇌를 통과하지 않았다 는 말이 만약에 거짓으로 판명된다면 그 자리에서 죽음을 택 하겠다고도 했다. 그에게는 모든 것이 마치 누군가가 대사를 미리 일러준 것 같았으며 그는 이것을 맹목적이고 아무런 통 제도 없이 반복할 따름이었다. 파블로프식의 반사! 이제 그 는 이것을 자신의 몸에서 경험했다. 그 다음에는 어떻게 됐

---

2) 80년대 인기 있었던 독일의 대중 가수.

지? 그들의 질문이 이것을 의미하는 것이라면 그는 자신의 몸에서 그 이상의 것을 경험했다. 그들은 그를 가차없이 추궁하며 계속 새로운 구체적인 사실을 요구했다. 더 말해봐, 조금 더, 다윈, 두 사람은 그 다음에 뭘 했지, 어떻게, 얼마나 자주. 그러는 사이에 그의 심문자들은 아무것도 아닌 것과 아무래도 좋은 것의 차원으로 멀리 달아났다. 반면에 소유자인 그녀 자신을 대변하고 체현한 붙임성 있고 골격이 가느다란 손은 다시 그를 당황하게 만드는 리얼리티를 획득했다. 그는 성기가 붙어 있는 부분에 가벼운 무게를 느꼈다. 그는 육체의 이 부위에 사랑스럽고 영원히 제거 불가능한 방법으로 낙인이 찍힌 것 같은 생각이 들었다.

앞으로 어떻게 될 것 같아, 다윈? 누가 나에게 그것을 물었지?

모두들 어깨를 으쓱했다.

한 번쯤이야 아무것도 아니야, 다윈.

그가 이러한 인식에 만족을 표하고 자신이 이전에 과장되게 예고한 것을 충족시켰다고 판단했는지의 여부는 이미 그에게 유리한 방향으로 결정이 나 있었다. 자기들은 권리를 박탈당한 에로스의 왕국에 그를 암묵적으로 자신들의 대리인이자 외교 사절로 임명한 청중들이 재촉하지 않았더라도 그는 금방 맺은 관계를 결코 포기하지 않았을 것이다. 그의 정사에 관여하려는 흥분되고 갈망하는 마음이 미래의 착종,

다시 말해서 예상 가능한 재앙에 대한 예감을 억눌렀다.

그들은 월요일에 초조한 마음으로 그를 학수고대했다. 오히려 그의 상세한 보고를 기다렸다고 해야 옳았다. 집으로 돌아오면서 그는 지난번의 '도취적인 시간'을 더욱 과감하게 치장할 궁리를 하며 보고 내용을 준비했다. 에른스트 헥켈의 『동물들의 애정 생활』에 관한 지식이 이때 많은 도움이 되었다. 그는 그의 일당들이 자기에게 실행에 옮기라고 권했지만 소멸의 정도가 가장 심한 환상들을 일일이 시험해보기 위해 북극곰과 같은 남근을 지니고 있지 못한 것에 대해 유감스러워했다. 그의 묘사는 진실과 부합하지 않았다. 가끔 더벅머리 소녀와의 만남에서 비롯된 괴로운 우울증에 대해서 그는 누구에게도 말할 수 없었다. 두 사람의 육체 사이의 대조는 간과할 수 없는 경고였다. 이 밖에도 얼마 안 되던 저축액이 금방 줄어든 것이 그를 걱정스럽게 하였다. 그의 입장에서는 긴장을 자아내는 월요일의 체조가 사실은 단순한 거래에 지나지 않는다는 점은 거의 부정할 수 없었다. 그것은 단지 그에게만 더 많은 의미를 지녔다. 관자놀이의 동맥이 기분 나쁘게 지끈거리는 것을 참으며 그는 며칠 밤을 뜬 눈으로 보냈다. 그는 자신의 은행 계좌가 해지되고 파트너로부터 문전박대를 당하게 될 시점을 곰곰이 생각해보았다.

동료들이 해부학적인 세밀함으로 치장된 보고를 기다리던 어느 늦여름 저녁에 '다윈'은 자신이 파산했음을 설명했다.

그는 플라토닉한 사랑을 즐기던 동료들에게 사건의 종결을 선언했다.

사방에서 항의가 쏟아졌다. 말도 안 돼, 다윈, 여기서 물러설 수는 없어! 자네가 더 이상 우리들의 '실행 기관'이 되지 못한다면 우리는 어떡하란 말이야! 저축은 우리가 할게. 우리가 각자 몇 마르크씩 모아서 자네에게 줄게. '다윈'이 생각했던 것보다 빨리 그들은 마지못해 펼친 그의 손가락 사이에 지폐 뭉치를 쥐어주었다. 최선을 다하라는 뜻이야, 다윈! 우리는 자네가 필요해!

따라서 역사는 계속됐다. 다만 월요일 저녁이 경과하면서 어떤 방해 요소가 끼어들었다. '다윈'은 청중들이 자신의 생각을 추적하고 있음을 느꼈다. 그는 그들이 독심술로 주변을 휘감고 있는 것을 의식했다. 방해가 되는 이러한 생각들을 떨쳐내기 위해서는 몇몇 책략들이 필요했다. 유명한 가수와 친척 관계라는 주장을 경솔하게 내뱉었던 초기 때와 비슷하게 무방비 상태에서 그는 자신이 다른 사람들의 매개체임을 느꼈다. 동시에 섹스와 관련한 주문은 돈의 지출과 연결된 까닭에 거의 명령이 되었다. 그는 이 명령을 세심하고 정확하게 수행한 결과를 보고해야 했다. 이러한 명령의 일부가 자연스럽고 본성적인 자신의 한계를 넘어섰을 때 그는 다시 이러한 관계를 청산하려고 했다. 곤충이나 무척추 동물을 대상으로 하는 편이 더 좋을 그러한 특수한 실험에 그는 자신이 적합하지 않다고 생각했다. 하지만 그의 항복 선언은 돈에 대한 요구가 더 많아졌음에도 동년배 동료들에게 받아들여지지 않았다.

만용을 부린 경솔한 말 한마디 때문에 내가 처한 상황은 기가 막힐 정도야. 하필이면 나처럼 늙고 안정이 필요한 남자에게 그런 일이 닥치다니.

행복이란 그런 것이야, 다윈. 힘을 내!

그만한 행복을 위해 필요한 그 많은 돈을 내가 어떻게 마련할 수 있단 말인가. 행복은 점점 더 많은 돈을 요구하고 곤란한 일들로 나를 위협하고 있어. 나는 벌써 임신이나 유도를 배운 오빠들, 막무가내이고 위협적인 부모들을 내세우는 식의 협박을 느껴. 친구들이란 작자들은 품행이 단정치 못하고 월요일 저녁마다 동화를 요구한단 말이야. 더 이상 아무것도 생각나지 않는 까닭에 나의 뇌는 메말라버렸어. 나는 무슨 연유로 이러한 운명을 짊어져야 한단 말인가……

하지만 그 직후에 탄식이 그쳤다. 부족한 돈에 대해서도 더 이상 말이 없었다. '다윈'은 심지어 금전상의 도움도 사양하는 바람에 기꺼이 후원하려고 마음먹은 자전거 페달 애호가들을 놀라게 만들었다. 그는 그러한 것이 더 이상 필요 없다고 말했다. 모든 일이 잘 돌아가고 있으며 사랑을 돈으로 살 수는 없다고도 했다. 그러나 두번째의 말은 차라리 역설적이고 약간 절망적으로 들렸다. 무엇보다도 얼굴 표정이 그의 설명과 모순되었다. 자네 어디 아픈 것 아닌가, 다윈. 몸도 생각해야지. 한 달에 한 번이면 충분해……

'다윈'은 호랑이 등에 올라탄 사람은 내릴 수 없으며 여기에서 문제가 된 것은 당연히 암호랑이라고 말했다.

양로원 수용자들 중의 한 사람이 최근에 '다윈'을 서베를린에서 만났었다. 그 이전에 다윈은 도시 반쪽에서 다른 반쪽으로의 여행을 항상 거부해왔다. 그는 거지처럼 상점 진열창에 코를 들이밀고 싶지 않다는 입장이었다. 그럼에도 불구하고 그는 저쪽에 모습을 드러냈으면서도 그의 일상에 대해 특권을 지닌 청중에게 그것에 관해서는 이야기하지 않았다. 다윈, 자네는 친구들에게 행해서는 안 될 어떤 것을 비밀에 부치고 있군!

그가 어느 날 저녁 식당에 식사하러 나타나지 않았을 때 사람들은 그가 침대에 누워 있는 것을 발견했다. 그는 심한 노동이라도 한 것처럼 매우 지쳐 보였으며 눈꺼풀을 내리깔고 숨을 쉬고 있는 것 같지 않았다.

그는 자신을 조용히 내버려둬달라고 부탁했다. 가벼운 현기증이었다. 하루를 어떻게 보냈느냐고 묻자 그는 서베를린 방문이 생각보다 힘들었다고 고백했다. 그는 교통, 백화점과 슈퍼마켓, 인위적인 불빛, 필터로 걸러진 공기 등, 수많은 인상들을 거론했다. 무엇보다도 돌아올 때의 국경 통과가 인상적이었다. 이래저래 건강한 심장을 갖지 못한 사람은 그때

진저리를 친다는 것이었다. 지하철에서 내려 엄청나게 긴 길을 지나 첫번째 검문소에 도달하자마자 팔다리는 마치 거의 마비된 것처럼 점점 무거워졌다. 초소 안의 근무자들은 불쏘시개에 관한 동화에 나오는 개들처럼 통과자를 쳐다보았다. 그들의 커다란 눈은 찻잔이나 수프 접시, 혹은 자동차 바퀴 같았으며 뢴트겐 시선은 상대방으로 하여금 심지어 실행한 것이 아니라 상상 속에서라도 하자가 발견되기만 하면 목숨이 위태롭다는 것을 의식하게 만들었다. 겁을 집어먹기는 했지만 잘 훈련된 불안의 순간이었다. 이때 달아나고 싶은 마음을 억누르고 당황스럽게 몸을 떨며 미소를 짓는다.

지하 세계에서 비틀거리며 계단을 올라와 햇빛을 받고 나서야 다시 제정신으로 돌아온다. 그것을 어떻게 지속적으로 참아낼 수 있단 말인가? 육체가 아직 늙어 죽지 않고 사랑을 기억한다는 이유만으로 늙은 남자를 학대하는 이 세계는 도대체 무엇이란 말인가?!

아무도 그에게 어차피 영혼이 정화되는 것이 아니라 사나워지고 증오로 가득 차게 될 연옥에 뛰어들라고 강요하지 않는다는 말에 대해 그는 더 이상 반응하지 않았다. 심신이 지친 그가 침대에서 휴식을 취하도록 내버려두는 것이 좋겠다는 의견이 대두되었다. 그와 방을 같이 쓰는 동료가 나중에 저녁 식사를 침실용 탁자 위에 올려놓았을 때 '다윈'은 이미 잠들어 있었다.

그 다음날 아침 식사 동료들이 향락의 중개자가 돌아오기를 기다렸지만 허사였다. 이것이 갖가지 억측을 불러일으킨 계기가 되었다. 예나 지금이나 자전거에 높이 올라타고 테라스 옆을 지나가는 수수한 더벅머리 소녀가 '다윈'을 초인적인 방탕함으로 이끄는 바람에 그 후유증으로부터의 회복이 더딜지도 모른다는 추측도 나돌았다.

그러나 '다윈'이 화요일 아침에도 나타나지 않자 그가 결석한 이유에 관한 유머도 사라졌다. 그의 협력자들은 침울한 표정으로 아침 식탁에 앉아 있었다. 그들의 대리인에게 무슨 일이 일어났음에 틀림없었다. 더군다나 그것은 분명 좋은 일이 아니었다.

늦잠을 자는 바람에 지각한 동료가 그들과 합석한 다음에야 비로소 그들은 금방 한 경찰관이 수용소 원장의 사무실을 다녀갔다는 것을 알게 되었다. 이 소식은 속삭이는 어조로 식당 전체에 퍼져나갔고 생각보다 더 나쁜 일이 일어났다는 예감을 갖게 만들었다.

여러 가지 가정들이 꼬리를 물었다. 다윈은 변절하여 적에게로 넘어갔어. 그는 친구들에 대한 의무에서 벗어나기 위해 저쪽에 머무르는 거야. 우리가 그에게 얼마를 투자했는데 이제 와서 탈주라니! 순수한 동료애적인 연민과 그리스도 정신에서 그의 부도덕에 재정적인 후원을 했음에도 겨우 이것이 그 보답이야. 배은망덕은 세상이 주는 보수야!

모두가 설익은 생각에 깊이 빠져 있는 동안 벌써 양로원 원장이 홀에 들어와 평소에는 노인병 치료, 우표 수집, 현재의 정치적 상황 등에 관한 강연을 할 때 쓰이는 연단 뒤에 자리잡았다. 음산한 격식이 느껴지는 그의 비정상적인 태도 때문에 모든 얼굴들이 그에게로 향했다. 공간 전체를 휩쓴 부산한 움직임은 양로원 원장이 입을 열었을 때에야 비로소 잠잠해졌다. 주변의 기대감은 노인병 치료, 우표 수집, 현재의 정치적 상황 등과는 관계가 없었다. 임박한 보고의 중요성은 분위기에서 느낄 수 있었다. 한바퀴 죽 둘러보고 잔기침을 함으로써 긴장을 고조시킨 다음에 원장이 공개한 내용은 짧았다. 에발트 린덴베르크는 사망했습니다.

이 이름이 거론될 때 아무도 '다윈'을 생각하지 못했기 때문에 문제가 된 인물은 그 죽음이 개인적인 심정에 와 닿지 않는 낯선 사람인 것 같았다. 그가 '다윈'임을 확인하기까지 오해의 몇 초가 흐르는 동안 '다윈'은 다시 한 번 살아났다.

양로원 원장이 낮 동안 한 사람씩 사무실로 자기를 찾아오면 중요한 정보를 알려주겠다고 말하고 난 뒤에 점점 커지는 웅성거림 속에서 뒷북치는 것에 지나지 않는 여러 가지 추측들이 난무했다. 서베를린으로 건너갔다가 습격을 당하여 가진 것을 다 털리고 살해되었을 가능성이 제일 높아. 저쪽에서는 그 누구도 목숨이 안전하지 않아. 늙은 사람들은 말할 것도 없지.

한 시간 뒤 양로원 원장의 책상 앞에 있는 불편한 의자에 앉아 들은 슬픈 진실은 참으로 실망스러웠다. 그것은 그러한 종류나 그와 비슷한 계획을 마음속에 품지 말라는 강력한 훈계와 경고로서 모든 수용자들에게 전달되었다.

양로원 원장이 사전에 설명한 바와 같이 경찰은 모든 사람들에게—그는 연필을 두드리며 각각의 음절을 다시 한 번 또박또박 끊어 읽었다—다윈이 목숨을 잃은 상황을 알리라고 명시적으로 요청했다. 이에 따르면 '다윈'이 별명인 에발트 린덴베르크는 나이 어린 소녀의 살림방에서 죽은 채로 발견되었다. 사인은 심장마비였다. '다윈'에 의해 유혹당한 여자는 그가 연금 생활자라고는 믿기 어려울 정도로 많은 돈을 소유한 척했다고 진술했다. 그녀의 추측에 의하면 죽은 그는 살아 있을 때 누군지 모르는 제삼자로부터 물질적인 후원을 받았다. 이와 관련하여 그가 '관능의 연대감' 따위의 암시적인 말을 했지만 그녀는 영문을 알지 못했다.

양로원 원장은 그 어떤 의심도 품고 싶지 않지만 점잖지 못한 일에 끼여들지 않는 편이 우리 노인들에게 더 좋고 무엇보다도 건강에 더 이롭다는 것을 명심해야 한다고 말했다. 그는 나이의 위엄 등등에 관해서도 언급했다. 우리는 여기에서 우리들의 아름다운 인생의 황혼을 더럽히고 싶지 않습니다.

이러한 발언이 변함 없는 열정과 똑같은 몸짓으로 서른다섯 번이나 반복되었다는 것을 생각해보면 그것이 비범한 육체적 성과, 심지어는 인위적인 성과임을 자신 있게 말할 수 있을 정도다. '다윈'은 이에 대한 예를 자신이 소장한 서적에서 인용했을 것이다. 그러나 그는 결코 다시 돌아오지 않는다. 하지만 자신의 죽음에 대한 부정할 수 없는 간접 증거에도 불구하고 그가 또 다른 출구가 없는 얽매임에서 벗어나기 위해 자신의 운명인 종말을 심지어 의식적으로 재촉한 것은 아닌지 모르겠다.

인간에게 희망은 있는가?

이 책에 번역된 쿠네르트의 단편소설들은 그의 작품집 『잘 못 들어선 길 및 또 다른 방황들 *Auf Abwegen und andere Verirrungen*』(1988)에서 주요 작품들을 선별한 것이다.

쿠네르트는 무엇보다도 계몽주의에서 비롯된 진보 이념과 구체적 현실과의 관계, 역사 및 역사 기술에 대한 비판적 시각, 인류의 미래에 대한 전망을 문학적으로 형상화한다. 따라서 그의 작품 대부분은 서정적 풍경이나 혹은 개별자로서의 인간의 내면 세계 내지는 의식의 흐름을 표현하기보다는 정치, 사회적으로 조건지어진 인간의 삶을 조망한다.

쿠네르트 작품의 배경은 주로 구동독의 현실이며 현대사의 한 축을 이룬 사회주의의 전개 상황에 따라 그의 작품 경향도 변화한다. 그것은 작가가 사회주의의 발전과 몰락을 수동적으로 따라가고 있다는 뜻이 아니라 오히려 처음에는 비판적 사회주의자로서, 나중에는 문명 비판주의자로서 자기 반성을 모르는 역사의 참모습을 고발하려는 의지의 결과이다.

1976년 볼프 비어만의 시민권 박탈에 항의하는 청원서에 서명한 쿠네르트는 1979년 자신이 동독을 떠나야만 하는 상황을 맞으면서 결정적으로 역사의 진보 이념에 결별을 고한다. 물론 이러한 변화는 갑자기 일어난 것이 아니라 그 동안의 부정적인 현실 인식이 더 이상 돌이킬 수 없는 상태에 이르렀음을 의미한다. 그의 역사 회의론적 시각은 단순히 현실 사회주의에 국한되지 않고 점점 위력을 더해가는 자본주의의 몰가치적인 성격을 겨냥한다. 사회주의의 등장에도 불구하고 인간의 이기심과 구태의연한 현실 안주 욕구로 인하여 결국 보다 인간적인 새로운 사회로의 진입은 불가능한 것처럼 보인다. 사회주의가 구호로만 남은 반면에 극복 대상이었던 자본주의의 억압 구도는 초국가적, 초이념적 성격을 띠며 세계화의 길을 걷는다. 여기에서 현대 세계사를 양분해온 사회주의와 자본주의는 각각 실패한 실험과 어두운 역사의 반복으로 이해되어진다.

쿠네르트는 두 세기에 걸친 계몽주의적 세계관의 종말을 의미하는 역사의 현주소를 일종의 '정지 상태Stillstand'로 규정하며 모든 목적론적 역사를 근본적으로 불신하게 된다. 그의 현실 진단에 따르면 세계는 지속적으로 변하고 있음에도 불구하고 인간의 삶은 조금도 나아진 점이 없다. 그는 오히려 기술 문명의 메커니즘을 확대 재생산하는 과정에서 파국적인 미래를 예감한다. 여기에서 인간은 과연 자기 파괴적인 역사의 진행을 인식하고 있느냐는 질문이 제기된다. 쿠네르트의 대답은 부정적이다. 기술 문명은 더 이상 돌이킬 수 없는 재앙을 초래할 수 있음에도 불구하고 그러한 미래를 내다보지 못하는 것이 인간의 속성이다. 이러한 관점에서 쿠네르트는 작가로서 스스로를 차별화한다. 그에게 있어 작가의 임무란 인류 전체의 생존을 위협하는 미래에 대한 예견 능력을 회복하는 데 있다. 그는 특히 80년대 이후의 작품에서 역사에 미리 입력된 반유토피아적 미래상을 독자에게 전달하고자 한다. 이처럼 인간의 역사에 대한 회의적인 시각은 단순히 절망이나 염세주의의 결과가 아니라 역사의 오류를 시정하려면 바로 지금 행동하지 않으면 안 된다라는 절박감의 표현이다.

이에 해당하는 작품으로 「병 통신」 「바라던 아이」 「아담과 이브」 등을 들 수 있다. 쿠네르트는 생태 파괴의 현장을 직접 다루는 대신 그 결과로서의 비극적인 상황을 때로는 그로

테스크하게, 때로는 풍자적으로 형상화하고 있다. 지구의 파멸은 먼 미래의 일이 아니라 현재의 시간 속에 잠재된 현실로 나타난다.

「바라던 아이」에서 아버지는 아이의 정신적 결함을 안티케에서처럼 미래를 예견할 수 있는 초자연적인 능력으로 이해한다. 그것은 지구의 종말을 아버지에게 인식시켜주는 형태로 나타난다. 여기에서 신화적 상상력은 이성적 사고에서는 인지 불가능한 미래를 엿볼 수 있게 만들어주는 통로이다. 「바라던 아이」가 역사 이전의 신화적 사고 방식을 현대의 일상적 삶과 결합시키는 방법을 통하여 미래를 현재화한 반면에 「병 통신」에서는 과학 이론적인 가설에 의한 '4차원에서의 피드백'을 통해 미래의 시간을 직접 현재에 삽입되는 기법이 사용된다. 이 작품에 나타난 미래 사회는 군국주의, 세계 혁명, 중부 유럽 사이의 상관 관계로 볼 때 사회주의 혁명이 완수된 후의 독일(동독)을 가리킨다. 그 이전 세대들이 모든 자원을 소모해버린 탓에 인간의 육체가 중요한 에너지원으로 이용되는 미래 사회는 사회주의의 목표인 인간 해방 내지는 인간 공동체적 삶과는 거리가 멀다. 미래부터의 병 통신은 미래가 현재에게 보내는 긴급 구조 요청으로서 구조 대상은 한 개인이 아니라 미래 사회 자체이다. 그러나 이 조난 신호는 현재의 국가 권력에 의해 폐기처분되고 만다. 현재는 미래를 구할 준비가 되어 있기는커녕 미래의 조난에 직접적이고 결정적인 책임이 있다. 「아담과 이브」에서 쿠네르트는 지구의 종말을 기정 사실화한 상태에서 그 후일담을 전하고 있다. 앞의 두 작품에서 제시된 미래의 경고는 여기에서 결국 현실이 되고 만다. 유일한 생존자인 두 우주 비행사는 인간을 '재생산'하여 종족을 보존하라는 명령에 따라 한 사람이 성전환 수술을 받는다. 상품의 개념인 '재생산'의 의미는 인간 사이의 관계가 물화(物化)되는 비인간성과 몰가치성에 있다. 그러한 기술 만능주의적인 사고 방식은 신이 창조한 세계가 실패로 끝난 뒤 새로운 낙원의 건설에 대한 기대로 표출된다. 그러나 작가는 최첨단의 기술을 통해서도 새로운 창조의 역사는 불가능하다는 것을 강조한다. 낙원은 여전히 추방당하기 위해서 존재할 뿐이다.

쿠네르트가 「동화적인 독백」 「때아닌 안드로메다 성좌」 「올림피아 2」 「러브 스토리—메이드 인 DDR」 등에서 보여주듯이 기술은 또한 인간을 통제하기 위한 수단이기도 하다. 모든 사생활이 국가 권력에 의해 감시당하는 상황에서 인간은 더 이상 자유로운 주체로서 존재할 수 없다. 쿠네르트는 특히 「동화적 독백」에서 현실 사회주의의 뿌리를 18세기의 프로이센에서 시작하여 히틀러 시대로 이어지는 군국주의 전통에서 찾고 있다. 「대리인」은 인간의 삶을 과학적인 진화론으로 설명하려는 시도에 대한 풍자적인 성격을 지니고 있다.

「G.라는 남자와의 만남에 대한 검열관의 보고」는 국가 권력이 어떻게 비판적인 시인의 정신을 말살하려 했는가에 대한 보고에 다름아니다. 획일적이고 전체주의적인 체제로의 편입을 거부한 아웃사이더의 목소리가 바로 작가 쿠네르트의 언어이다.

*   *   *

쿠네르트 언어를 번역할 때의 어려움에도 불구하고 이 책 어딘가에 숨어 있을지 모를 오역과 오독은 전적으로 번역자의 책임이다.

도서 시장의 열악한 사정 속에서도 이 책의 출판에 결정적인 도움을 준 문학과지성사 여러분께 깊은 감사를 드린다.

작가 연보

1929	3월 6일 베를린 출생.
1946	베를린의 응용 예술대학에서 그래픽 공부.
1948	잡지 『울렌슈피겔 *Ulenspiegel*』에 시 발표.
1948/49	학업 중단, 사회주의 통일당(SED) 입당.
1950	요하네스 R. 베허의 지원으로 시집 『이정표와 성벽의 비문』 출판.
1951/52	베르톨트 브레히트와의 교분.
1952	마리안네 토트텐과 결혼.
1954	소설집 『영원한 탐정 및 여러 가지 이야기들』 출간.
1955	시집 『이 하늘 아래에서』 출간.
1959	텔레비전극 『혼두의 황제』 출간.
1960	시집 『하루의 작업』 출간.
1961	시집 『정직한 노래집』 출간.
1962	동독 예술아카데미의 하인리히 만 상 수상.

1963	시집『혹성에 대한 기억』출간.
1964	산문집『백일몽』출간.
1965	시집『초대받지 않은 손님』출간.
1966	시집『일기 예보』출간.
1967	장편소설『모자의 이름으로』출간.
1968	소설집『장례식은 고요함 속에서 치러진다』, 산문집『서랍 속의 잡동사니』출간.
1969	산문집『콘크리트 형식 — 장소의 기재』출간.
1970	시집『반영에 대한 경고』출간.
1972	시집『개방된 출구』출간.
1972/73	미국 텍사스 대학교 교환 교수.
1973	요하네스 R. 베허 상 수상, 산문집『비밀 도서관』, 소설집『영국에서 온 손님』출간.
1974	산문집『또 다른 혹성. 아메리카에 대한 견해』출간.
1975	영국의 위윅 대학교에 체류. 시집『백묵의 메모』, 산문집『지구의 중심』출간.
1976	서베를린 예술아카데미 회원. 제1차 비어만 청원서에 서명. 평론집『작품은 왜 쓰는가?』출간.
1977	사회주의 통일당에서 축출됨. 시집『유토피아로의 여정』, 방송극『또 다른 K.』출간.
1978	산문집『모호한 카메라』, 여행 시집『보마르초에

대한 열망』 출간.

1979   서독으로 이주. 소설집『두더지의 외침』출간.

1980   시집『사멸의 과정』출간.

1981   산문집『때늦은 독백』출간.

1982   논문집『기억의 이쪽에』출간.

1983   에세이집『유럽의 마지막 인디언』, 시집『정적의
        삶』출간.

1984   단편집『낙원으로의 회귀』출간.

1985   하인리히 하이네 상 수상.

1987   시집『베를린 옆에서』출간.

1988   단편집『잘못 들어선 길 및 또 다른 방황들』출간.

1990   시집『고향에서의 낯섦』, 단편집『지나간 미래로
        부터』출간.

문지스펙트럼

제1영역: 한국 문학선

1-001 별(황순원 소설선 / 박혜경 엮음)

1-002 이슬(정현종 시선)

1-003 정든 유곽에서(이성복 시선)

1-004 굴(윤후명 소설선)

1-005 별 헤는 밤(윤동주 시선 / 홍정선 엮음)

1-006 눈길(이청준 소설선)

1-007 고추잠자리(이하석 시선)

1-008 한 잎의 여자(오규원 시선)

1-009 소설가 구보씨의 일일(박태원 소설선 / 최혜실 엮음)

1-010 남도 기행(홍성원 소설선)

제2영역: 외국 문학선

2-001 젊은 예술가의 초상 1(제임스 조이스 / 홍덕선 옮김)

2-002 젊은 예술가의 초상 2(제임스 조이스 / 홍덕선 옮김)

2-003 스페이드의 여왕(푸슈킨 / 김희숙 옮김)

2-004 세 여인(로베르트 무질 / 강명구 옮김)

2-005   도둑맞은 편지(에드가 앨런 포 / 김진경 옮김)

2-006   붉은 수수밭(모옌 / 심혜영 옮김)

2-007   실비 / 오렐리아(제라르 드 네르발 / 최애리 옮김)

2-008   세 개의 짧은 이야기(귀스타브 플로베르 / 김연권 옮김)

2-009   꿈의 노벨레(아르투어 슈니츨러 / 백종유 옮김)

2-010   사라진느(오노레 드 발자크 / 이철 옮김)

2-011   베오울프(작자 미상 / 이동일 옮김)

2-012   육체의 악마(레이몽 라디게 / 김예령 옮김)

2-013   아무도 아닌, 동시에 십만 명인 어떤 사람
         (루이지 피란델로 / 김효정 옮김)

2-014   탱고(루이사 발렌수엘라 외 / 송병선 옮김)

2-015   가난한 사람들(모리츠 지그몬드 외 / 한경민 옮김)

2-016   이별 없는 세대(볼프강 보르헤르트 / 김주연 옮김)

2-017   잘못 들어선 길에서(귄터 쿠네르트 / 권세훈 옮김)

제3영역: 세계의 산문

3-001   오드라덱이 들려주는 이야기(프란츠 카프카 / 김영옥 옮김)

3-002   자연(랠프 왈도 에머슨 / 신문수 옮김)

3-003   고독(로자노프 / 박종소 옮김)

제4영역: 문화 마당

4-001   한국 문학의 위상(김현)

4-002   우리 영화의 미학(김정룡)

4-003   재즈를 찾아서(성기완)

4-004   책 밖의 어른 책 속의 아이(최윤정)

4-005   소설 속의 철학(김영민 · 이왕주)

4-006   록 음악의 아홉 가지 갈래들(신현준)

4-007   디지털이 세상을 바꾼다(백욱인)

4-008   신혼 여행의 사회학(권귀숙)

4-009   문명의 배꼽(정과리)

4-010   우리 시대의 여성 작가(황도경)

4-011   영화 속의 열린 세상(송희복)

4-012   세기말의 서정성(박혜경)

4-013   영화, 피그말리온의 꿈(이윤영)

4-014   오프 더 레코드, 인디 록 파일(장호연 / 이용우 / 최지선)

4-015   그 섬에 유배된 사람들(양진건)

4-016   슬픈 거인(최윤정)

제5영역: 우리 시대의 지성

5-001   한국사를 보는 눈(이기백)

5-002   베르그송주의(질 들뢰즈 / 김재인 옮김)

5-003   지식인됨의 괴로움(김병익)

5-004   데리다 읽기(이성원 엮음)

5-005   소수를 위한 변명(복거일)

5-006   아도르노와 현대 사상(김유동)

5-007   민주주의의 이해(강정인)

5-008   국어의 현실과 이상(이기문)

5-009   파르티잔(칼 슈미트/김효전 옮김)

5-010   일제 식민지 근대화론 비판(신용하)

5-011   역사의 기억, 역사의 상상(주경철)

5-012   근대성, 아시아적 가치, 세계화(이환)

5-013   비판적 문학 이론과 미학(페터 V. 지마/김태환 편역)

제6영역: 지식의 초점

6-001   고향(전광식)

6-002   영화(볼프강 가스트/조길예 옮김)

6-003   수사학(박성창)

6-004   추리소설(이브 뢰테르/김경현 옮김)

제7영역: 세계의 고전 사상

7-001   쾌락(에피쿠로스/오유석 옮김)